Samuel Hellsworth

IV

Echo
des Neids

Adult Dark Fantasy

ED BERG

Bibliografische Information der Deutschen Nationalbibliothek: Die Deutsche Nationalbibliothek verzeichnet diese Publikation in der Deutschen Nationalbibliografie; detaillierte bibliografische Daten sind im Internet über https://dnb.dnb.de abrufbar.

© 2025 Ed Berg https://ed-berg.de/

Verlag: BoD · Books on Demand GmbH, Überseering 33, 22297 Hamburg, bod@bod.de

Druck: Libri Plureos GmbH, Friedensallee 273, 22763 Hamburg

ISBN: 978-3-7693-0400-8

INHALT

KAPITEL 1:

SAMS FESTUNG

Das Gefühl von weichen, heißen Lippen, die sich verlangend um meinen Schwanz schließen, reißt mich aus einem tiefen, traumlosen Schlaf. Ein prickelndes Pulsieren durchfährt meinen Körper, wie eine dunkle Welle, die mich augenblicklich wach und präsent macht. Ich öffne die Augen langsam, genüsslich, wie ein Raubtier, das seine Beute mustert, bevor es zupackt. Mein Blick wandert an meinem Körper hinab zu Lysandra.

Ihre funkelnden, durchtriebenen Augen treffen meine, während sie mich unverwandt ansieht, ihr Blick gleichermaßen herausfordernd wie ergeben. Sie ist ein Kunstwerk. Nackt, makellos, in ihrer dämonischen Gestalt, die mich jedes Mal aufs Neue fasziniert. Ihre Hörner wölben sich elegant nach hinten, die geschwungenen Linien ihres Körpers scheinen in jedem Atemzug ein eigenes, sündiges Versprechen zu tragen. Das leuchtende Rot in ihren Iriden brennt wie die Hölle selbst, doch dieses Feuer gehört mir. Sie selbst ist die Verkörperung der Sünde. Und sie gehört mir, nur mir allein!

Ihre Zunge gleitet spielerisch, fast provokant, während sie ihre Lippen fester schließt. Ihr Griff ist sicher, präzise, mit einer Hingabe, die nichts anderes zulässt als absolute Unterwerfung. Ein leises, zufriedenstellendes Grollen entweicht mir. »Guten Morgen, Lys«, sage ich, meine Stimme tief, fast ein dunkles Schnurren, während ich ein selbstgefälliges Lächeln aufsetze.

Sie ist gut. Nein, sie ist perfekt. Aber nichts anderes hätte ich von der Tochter Asmodeus, des Höllenprinzen der Wollust, erwartet. Meine Finger gleiten durch ihr Haar, spielen mit den seidig-weichen Strähnen, bevor sie sich leicht darin vergraben. »Du weißt genau, was ich will!«

Meine Worte sind ein Flüstern, ein Befehl, getränkt von Dominanz, die sie bereitwillig akzeptiert. Natürlich weiß sie es. Sie wurde dafür geschaffen. Ihr ganzes Wesen – diese dämonische Perfektion – existiert, um meine Wünsche zu erfüllen, mein Verlangen zu stillen. Und ich genieße es. Nein, ich lebe dafür. Es ist mein Recht. Verdammt noch mal, ich bin der Jäger, der bereits drei Prinzen der Hölle bezwungen hat. Luzifer. Mammon. Asmodeus. Was könnte mehr Vergnügen bereiten, als die Tochter deines toten Feindes zu deinem Spielzeug zu machen?

Lysandras Bewegungen werden intensiver, ihre Zunge spielt mit einer Geschicklichkeit, die sowohl Erfahrung als auch einen unnachgiebigen Willen zeigt, mich zu befriedigen. Ich schließe die Augen und lehne mich entspannt zurück. Meine Muskeln lockern sich, während ich mich ganz ihrem Können hingebe. Sie ist ein Meisterwerk, ein Instrument der Wollust, geschaffen nur für mich. Ihre Lippen, ihre Zunge – jede Bewegung ist makellos, ein Beweis ihrer Hingabe.

»Oh Lys«, murmele ich, während ein kaltes Lächeln über mein Gesicht huscht. »Es gibt keinen besseren Weg, den Tag zu beginnen.« Meine Worte sind mehr als ein Lob – sie sind eine Bestätigung meiner Macht über sie.

Lysandra löst sich von mir, ihre Lippen hinterlassen eine feuchte Spur, als sie meinen Schwanz aus ihrem Mund gleiten lässt. Ihre Augen sind dunkel und durchdringend, ihre Bewegungen geschmeidig, als sie sich an mir hochzieht. Ihre Hände ruhen sanft auf meiner Brust, während sie mir tief in die Augen sieht.

Ein Lächeln spielt auf ihren Lippen, aber es ist anders als sonst – nicht nur verführerisch, sondern durchzogen von einer geheimnisvollen Ernsthaftigkeit.

»Sam,« beginnt sie, ihre Stimme ein seidiger Hauch, der die Stille durchbricht. »Es gibt etwas, das du über mich wissen solltest. Etwas, das ich dir nicht nur sagen, sondern zeigen will.«

Ich hebe eine Augenbraue, mein Interesse ist geweckt. »Klingt wichtig. Was hast du vor, Lys?«

Ihre Augen, tief und glühend wie die Hölle selbst, halten meinen Blick fest. Sie lehnt sich näher, ihre Finger gleiten langsam über meine Haut, als würde sie mich in einen Bann ziehen.

»Du hast bereits gesehen, dass ich anders bin als gewöhnliche Dämonen. Aber was ich wirklich bin … was ich wirklich kann … das hast du noch nicht erlebt.« Sie legt eine Pause ein, lässt ihre Worte in mir nachhallen, bevor sie weiterspricht.

»Ich kann die Lebenskraft anderer absorbieren – durch Berührung, durch Nähe, durch … Sex.« Ihr Lächeln vertieft sich, ein dunkler, genussvoller Ausdruck huscht über ihr Gesicht. »Und es macht mich stärker.«

Für einen Moment schweige ich, lasse ihre Worte auf mich wirken. Dann ziehe ich eine Hand über mein Kinn und betrachte sie skeptisch. »Das klingt wie eine Geschichte, mit der Dämonen kleinen Sterblichen Angst einjagen.«

Lysandra lacht leise, ein kehliges, amüsiertes Geräusch, das mir eine Gänsehaut über den Rücken jagt. »Dann lass mich es dir beweisen, Sam. Fühle es. Erlebe es. Ich werde nicht zu weit gehen ... ich würde dich nie verletzen.«

Ihre Stimme ist ein Versprechen und eine Drohung zugleich, während ihre Finger langsam an meinem Körper hinabwandern. Ich spüre die Hitze ihrer Haut, das unheilvolle Knistern von Energie, das sich zwischen uns auflädt.

Ich lehne mich zurück, als gehörte mir nicht nur der Moment – sondern die verdammte Ewigkeit. »Dann los, Lys. Zeig mir, was du kannst.«

Lysandra rückt näher an mich heran, ihre Finger gleiten wie ein Flüstern über meinen Körper. Ihr Gesicht kommt meinem so nahe, dass ich ihren Atem spüren kann. »Entspann' dich«, murmelt sie, während ihre Hände sanft zu meinem immer noch steifen Schwanz gleiten.

Ich sehe hinab, meine Neugier überschattet von einem Funken Unbehagen. »Zeig's mir, Lys. Zeig mir, wozu du wirklich fähig bist.«

Sie lächelt, diesmal schelmisch, ein Hauch von dämonischer Bosheit in ihren Zügen. »Ich gebe dir einen Vorgeschmack auf das, was ich bin«, sagt sie, während ihre Hand mich sanft umschließt. Ihre Berührung ist elektrisierend, ihre Finger gleiten langsam auf und ab, bis sich mein Körper unter ihrem Einfluss zu regen beginnt.

Meine Worte bleiben mir im Hals stecken, als ich ihr zusehe, wie sie erneut nach unten rutscht und ihre Lippen leicht öffnet. Der Anblick ihrer dämonischen Augen, leuchtend in der Dunkelheit, ist hypnotisierend. Ich spüre, wie die feuchte Wärme ihres Mundes mich erneut umschließt, und ein unterdrücktes Stöhnen entfährt mir. Ihre Zunge gleitet geschickt über meine Eichel, neckt und reizt, während ihre Lippen sich fest um mich schließen.

»Es fühlt sich ... intensiv an«, sage ich keuchend, als sie fortfährt, mich zu verwöhnen. Doch ein seltsames Gefühl macht sich in mir breit – etwas Tieferes, Dunkleres. Es ist nicht nur Lust, es ist, als würde sie an meiner Essenz zerren, eine Energie, die aus meinem Inneren hervorzuströmen scheint.

Lysandra verstärkt ihren Griff, ihre Bewegungen werden zielgerichteter, und ich spüre, wie mein Körper unter ihrer Berührung erzittert. Mein Atem beschleunigt sich, meine Muskeln spannen sich an, und ein Teil von mir will sich dem Gefühl einfach hingeben. Doch gleichzeitig bin ich alarmiert, eine unerklärliche Schwäche breitet sich in mir aus.

»Lys ...«, sage ich, meine Stimme bricht fast unter der Anstrengung, ein schwacher Protest gegen die überwältigende Intensität des Moments. Doch sie ignoriert meine Worte, ihre Bewegungen bleiben unerbittlich, wie ein sorgfältig choreografiertes Ritual, bei dem jede Berührung, jede Geste eine tiefere Bedeutung trägt. Ihre Augen halten meinen Blick fest, glühend vor Macht und Verlangen, als ob sie mir etwas beweisen möchte.

Ein seltsames Ziehen breitet sich in meinem Inneren aus, als ob etwas Essenzielles, etwas Ursprüngliches aus mir herausgerissen wird. Es ist mehr als nur Lust – ein drückender Schmerz, der sich durch meinen Körper windet, als ob mein Geist und meine Lebenskraft in einem unerbittlichen Kampf stünden. Doch gleichzeitig gibt es da eine seltsame Süße, eine betörende Wärme, die die Qualen überlagert und sie auf eine perverse Weise begehrenswert erscheinen lässt.

Ich stöhne auf, unfähig, die Mischung aus Schmerz und Ekstase in Worte zu fassen. Es fühlt sich an, als ob Lysandra nicht nur meinen Körper beansprucht, sondern meine Essenz – meine Energie – in sich aufsaugt. Mein Herz rast, meine Muskeln zittern, und meine Gedanken verschwimmen, als würde mich die Realität selbst loslassen, Stück für Stück – wie ein Schatten, der sich auflöst. Mein Atem wird schwerer, jeder Zug ein Kampf, als ob mir der Sauerstoff selbst genommen wird.

Ihre Lippen und ihre Zunge bewegen sich weiter, zielsicher und unaufhaltsam. Es ist, als würde sie einen unsichtbaren Faden aus meiner Seele ziehen, ihn um ihre eigene Energie wickeln und damit ihre Kraft stärken. Mein Geist will sich dagegen wehren, doch ein tiefer, animalischer Instinkt lässt mich dem Gefühl nachgeben, mich fallen lassen in diesen Zustand der vollkommenen Machtlosigkeit.

Gerade als ich denke, dass ich nicht mehr länger durchhalten kann, zieht sie sich plötzlich zurück, als ob sie genau wüsste, wann der Moment erreicht ist, bevor es zu viel wird.

Ich keuche, der Schmerz und die Lust verwoben zu einem einzigen, rauschhaften Echo, das in meinem Innersten nachhallt. Mein Verstand schreit nach Vorsicht – aber mein Verlangen flüstert lauter. »Tu es«, raune ich, mein Blick glühend, unfassbar klar im Wahnsinn. »Nimm alles. Töte mich, wenn du musst ... aber hör nicht auf!«

Ihre Augen verengen sich, ein dunkles, wissendes Lächeln breitet sich auf ihren Lippen aus. Für einen Moment glaube ich, dass sie es wirklich tun wird – mich verbrennen, verzehren, verschlingen. Und ich will es.

»Das ist nur ein Bruchteil«, murmelt sie, ihre Stimme ist gedämpft, doch voller Beherrschung. »Stell es dir hundertmal stärker vor, wenn ich wirklich das Leben nehme – wenn ich deine komplette Energie in mir aufnehme.«

Ihre Worte durchbohren mich. Der Gedanke an die volle Kraft ihrer Fähigkeit – die rohe, verheerende Macht, die sie besitzen könnte – ist ebenso furchteinflößend wie faszinierend.

»Jetzt glaubst du mir?«, fragt sie, ihre Stimme sanft, doch voller unbestreitbarer Autorität.

Mein Atem geht schwer, mein Körper fühlt sich erschöpft und doch lebendig an. Ich nicke langsam, noch immer überwältigt von dem, was geschehen ist. Ich brauche einen Moment, um zu begreifen, dass ich nicht gestorben bin. Noch nicht. »Das war intensiv. Und verdammt beunruhigend.«

»Es ist nur ein kleiner Bruchteil meiner Kräfte«, murmelt sie, ihre Augen noch immer auf meine gerichtet. »Ich wollte, dass du es verstehst, Sam. Was ich bin, was ich tun kann. Und warum du mir vertrauen musst.«

Ich sehe sie an – stumm, überwältigt. Ihre Wahrheit kriecht durch meine Gedanken wie Rauch. Schwarz. Schwer. Allgegenwärtig.

Lysandra neigt den Kopf leicht zur Seite, ein

schelmisches Funkeln in ihren dämonischen Augen. »Aber nun«, sagt sie mit einem leisen Zwinkern, während ihre Hand langsam zu meinem harten Schaft gleitet, »lass es mich auf ... traditionellere Weise zu Ende bringen.«

Ihre Stimme wird weicher, tiefer – wie ein Kuss aus Schatten. Ihre Berührung verändert sich. Nicht weniger bestimmt, aber zärtlicher. Beruhigend. Besitzergreifend.

Ihre Finger umschließen mich, sicher und warm, gleiten mit hypnotischer Präzision auf und ab. Jeder Zug, jede Bewegung ist pure Kontrolle, ein Tanz aus Intuition und dunklem Können. Ihr Blick bleibt auf mir – wachsam, fordernd, als wäre mein Höhepunkt nicht nur das Ende, sondern der Preis, den ich ihr schulde.

»Gib dich mir hin, Sam,« flüstert sie, ihre Stimme kaum mehr als ein dunkler Hauch. »Ganz.«

Der Druck steigt. Ihre Hand beschleunigt, verstärkt jeden Reiz, jeder Kreis, den ihr Daumen über meine Spitze zieht, lässt meinen Körper aufbäumen. Mein Atem flattert, meine Muskeln spannen sich wie unter Strom. Der Moment brennt.

»Lys ...«, stoße ich hervor, mehr Laut als Wort, getrieben vom Sog ihrer Bewegung.

Sie verstärkt das Tempo, der Rhythmus ist perfekt, brutal schön. Ich verliere den Halt, werfe mich in den Abgrund, den sie für mich geöffnet hat. Der Höhepunkt trifft mich mit roher Wucht – eine Explosion aus Schmerz, Lust und Unterwerfung.

Meine Lust entlädt sich in kräftigen Schüben über meinen Bauch, meine Brust, während mein Körper zuckt, als würde etwas von mir genommen – oder mir geschenkt. Ich stöhne, atme flach, völlig ausgeliefert.

Lysandras Hand verlangsamt sich, streicht ein letztes Mal über mich, beinahe ehrfürchtig. Dann löst sie sich von mir. Ihre Augen glühen im Zwielicht – nicht nur vor Verlangen, sondern vor Macht.

»Ein schöner Anblick, Sam,« murmelt sie, und in ihrer Stimme liegt Besitz, Hunger – und tiefe, verdorbene Zärtlichkeit.

Sie beugt sich vor. Ihre Zunge berührt meine Haut. Warm, langsam, liebevoll. Sie schmeckt mich, Tropfen für Tropfen, als sei mein Höhepunkt eine Essenz, die ihr zusteht. Sie säubert mich nicht – sie beansprucht mich.

Ihre Augen suchen immer wieder meinen Blick – und ich erkenne darin nicht nur Lust, sondern auch diesen feinen Hauch von Stolz. Stolz darauf, was sie mit mir getan hat. Was sie bewirken kann.

Als sie ihre Zunge ein letztes Mal über meine Haut gleiten lässt und sich aufrichtet, bleibt sie für einen Moment regungslos. Ihre Lippen sind leicht geöffnet, ein schelmisches Funkeln tanzt in ihrem Blick, das nur sie besitzt – zwischen Bosheit und Hingabe.

Ich grinse, lasse meine Finger durch ihr Haar gleiten, langsam, fordernd. »Braves Mädchen,« murmele ich, meine Stimme noch schwer von der Nachwirkung, aber mit der kalten Selbstsicherheit eines Mannes, der die Welt unter seinen Füßen spürt. »Vielleicht lasse ich dich später mich reiten – wenn du dich weiterhin so nützlich machst.«

Ich richte mich auf und lasse meinen Blick genüsslich durch unser Schlafgemach schweifen. Die Festung des gefallenen Asmodeus – jetzt mein Reich – ist ein Monument meiner Überlegenheit, ein Denkmal meiner Herrschaft. Jeder Stein, jede eingravierte Rune trägt meine Handschrift.

»Beeindruckend, was meine Dämonendiener erschaffen haben«, sage ich, meine Stimme ein süffisanter Hauch, während meine Finger durch mein Haar fahren. »Perfektion ohne Kompromisse. So sollte es immer sein.«

Lysandra lacht – ein süßer, scharfer Ton, der durch die hohen Hallen schneidet wie Glas. »Deine Bescheidenheit ist wie immer … grenzenlos.« Ihre Worte tropfen vor Ironie, aber in ihren Augen glimmt unverhohlene Bewunderung. Sie liebt es. So wie ich. Und wer könnte es ihr verübeln?

Ich ziehe sie an mich – ihre Haut glüht wie ein verfluchtes Relikt, das nur ich berühren darf. »Bescheidenheit ist eine Tugend der Machtlosen, Lys«, flüstere ich, meine Lippen kaum einen Hauch von ihrem Ohr entfernt. »Und wir? Wir sind alles – nur nicht machtlos.«

Meine Worte enden in einem Kuss – roh, fordernd, unmissverständlich. Und ich schmecke mich selbst auf ihr – salzig, warm ... der letzte Nachhall meines Triumphes.

»Und? Was hast du heute vor?«, fragt sie, ihre Stimme leicht, doch der Blick in ihren Augen verrät mehr – Neugier, Hunger, diese süße Rastlosigkeit, die uns beide antreibt.

Ich strecke mich langsam, genieße den Moment. »Vielleicht ein wenig Chaos stiften. Ein paar Dämonen exekutieren. Du weißt schon – das Übliche.«

Lysandra lacht, weich und dunkel, ein Laut, der sich in meinen Adern festsetzt. »Du und deine Spiele. Manchmal frage ich mich, ob du dich jemals von der Spitze langweilst.«

Ich lächle – langsam, wie ein Messer, das in samtener Scheide steckt. »Die Spitze ist der einzige Platz, den ich akzeptiere, Lys. Und keine Sorge – ich sorge dafür, dass du dort bleibst. Direkt an meiner Seite.«

Ihre Augen glitzern. Sie tritt näher, ihre Lippen nur noch einen Atemzug von meinen entfernt. »Das hoffe ich, Sam. Denn ich werde dich niemals alleine herrschen lassen.«

Wir begeben uns zum Speisesaal, meine Schritte hallen selbstbewusst auf dem polierten Steinboden. Lysandra folgt mir, ihre Blicke neugierig und prüfend, während wir den neu eingerichteten Trainingsraum betreten. Die Wände sind mit Waffen bedeckt, ein Arsenal aus purem Tod. In der Mitte des Raums erstreckt sich eine weitläufige Fläche – perfekt für Kämpfe, für Gewalt, für Dominanz. Mein Reich. Mein Spielfeld.

»Siehst du das, Lys?«, frage ich, während meine Hand sicher nach einem speerähnlichen Dolch greift. Ich lasse ihn durch die Luft wirbeln, sein scharfes Zischen ein verheißungsvolles Versprechen. »Das hier ist ein Ort, an dem wahre Macht geformt wird.«

Lysandra lehnt sich mit verschränkten Armen gegen eine Wand und beobachtet mich. Ihre Augen glänzen mit einer Mischung aus Amüsement und einer Spur Bewunderung, die sie nicht ganz verbergen kann. »Du und deine Vorliebe für Gewalt«, bemerkt sie, ein leises Lächeln umspielt ihre Lippen. »Ich frage mich, ob du jemals müde wirst, dich zu beweisen.«

Ich halte inne, den Dolch in der Hand, und werfe ihr einen Blick zu, der keine Widerrede duldet. »Ich muss mich nicht beweisen, Lys. Ich weiß, wer ich bin – und was ich kann.« Ich lasse den Dolch mit einer eleganten Bewegung in meine andere Hand gleiten. »Aber es schadet nie, in Form zu bleiben. Stärke muss gepflegt werden. Sonst wird sie zur Schwäche. Und Schwäche kann ich mir nicht leisten.«

Sie tritt näher, ihre Bewegungen geschmeidig wie die einer Jägerin, ihre Finger streifen den Dolch in meiner Hand. »Also, ist das hier dein neues Lieblingsspielzeug?«, fragt sie, ihre Stimme eine Mischung aus Neugier und spöttischer Leichtigkeit.

Ich lächle, kalt und überlegen, während ich den Dolch zurück in die Scheide schiebe. »Du wirst immer mein Lieblingsspielzeug bleiben, Lys. Ob du willst oder nicht.«

Als wir den Speisesaal betreten, breitet sich ein selbstgefälliges Lächeln auf meinem Gesicht aus. Meine Dämonendiener haben ganze Arbeit geleistet. Ein opulentes Frühstück erstreckt sich über den langen Tisch aus dunklem Holz – ein Festmahl, das eines Königs würdig wäre. Doch ich bin mehr als ein König.

»Daran könnte ich mich gewöhnen. Das is genau, was ich meine – Perfektion bis ins kleinste Detail.« sage ich und lasse meinen Blick voller Genugtuung über die Speisen gleiten.

Lysandra tritt an den Tisch heran, ihre Augen funkeln bei dem Anblick der reichhaltigen Gerichte. »Sie haben wirklich keine Mühe gescheut«, bemerkt sie und wählt sich einen Platz aus, wobei ihre Bewegungen wie immer geschmeidig und anmutig wirken.

Ich setze mich ihr gegenüber, greife ohne Zögern nach einem üppig belegten Teller und beginne zu essen. Der Geschmack ist reich, dekadent – genau, wie ich es liebe. »Ich habe es verdient. Nach all meinen Siegen, all der Macht, die ich angehäuft habe.« Mit einer lässigen Bewegung lehne ich mich zurück und lasse meinen Blick über den Raum schweifen, als gehöre mir die Welt. »Jeder dieser Siege hat mich stärker gemacht, Lys. Mächtiger.«

Sie sieht mich an, ihre Stirn legt sich leicht in Falten, ein Anzeichen von Nachdenklichkeit. »Ich frage mich manchmal, ob diese Siege dich nicht auch verändert haben. Du wirst ... dämonischer, Sam.«

Ich lache, ein dunkler, rauer Laut, der den Raum füllt. »Das ist doch das Ziel, oder nicht? Ich war ›nur‹ ein Dämonenjäger. Und jetzt? Jetzt schnappe ich mir einen nach dem anderen die Prinzen der

Hölle. Es ist nur natürlich, dass ich stärker werde. Dämonischer. Und weißt du was? Ich liebe diese Veränderung, Lys.«

»Aber deine Arroganz wächst mit deiner Macht«, entgegnet sie, doch in ihrem Blick liegt keine Ablehnung – eher eine Mischung aus Besorgnis und einer leisen Faszination.

Ich lächle kalt und nehme einen Schluck von meinem dunklen Wein, das Glas in meiner Hand ein Symbol meiner Herrschaft. »Ich nenne es Selbstvertrauen«, korrigiere ich sie mit Nachdruck. »Und du magst es, gib es zu.«

Ein leises Lächeln spielt auf ihren Lippen, und für einen Moment scheint sie von ihren eigenen Worten abzuweichen. »Ich kann nicht leugnen, dass es seinen Reiz hat. Deine Selbstsicherheit, deine Macht ... es ist anziehend.«

»Ich weiß«, antworte ich und lehne mich über den Tisch, um ihre Hand zu nehmen. Mein Griff ist fest, besitzergreifend.

Sie seufzt leise, ihre Augen suchen meinen Blick. »Es macht mir manchmal Angst«, gibt sie zu, ihre Stimme weich, doch ernst. »Aber es fasziniert mich auch.«

»Angst und Faszination sind oft zwei Seiten derselben Medaille«, sage ich und ziehe ihre Hand an meine Lippen, küsse sie sanft. Meine Augen lassen ihre nicht los. »Und ich werde immer dafür sorgen, dass du auf der faszinierenden Seite stehst.«

Während Lysandra und ich noch am Frühstückstisch sitzen, stürmt einer meiner dämonischen Diener in den Raum. Keuchend wirft sich der Diener in die Tür – schweißnass, die Augen aufgerissen. Etwas zerrt ihn fast zurück in den Flur. Aber er bleibt – weil er weiß, dass ich seine Angst übertrumpfe. Ich werfe ihm einen kühlen Blick zu, der ausreicht, um jeden anderen zittern zu lassen. »Was gibt's?«, frage ich, meine Stimme scharf wie eine Klinge.

»Meister, eine Nachricht«, keucht der Diener »Es geht um Leviathan. Er hat die Erde angegriffen.«

Ein breites, selbstgefälliges Grinsen breitet sich auf meinem Gesicht aus. »Das ist ja ... interessant.«

»Interessant?« Lysandras Stimme ist angespannt, fast empört. »Das ist katastrophal! Weißt du, was das bedeutet?«

»Natürlich weiß ich das, Lys.« Meine Stimme ist seidig. Fast erfreut. »Es bedeutet, dass Leviathan sich endlich aus seinem Loch wagt. Und dass es Zeit wird, ihn daran zu erinnern, wer den Ozean regiert.«

Sie schnaubt, ihre Augen funkeln vor Frustration. »Du klingst, als würdest du dich darauf freuen.«

Ich stehe langsam auf, meine Bewegungen betont lässig, während ich meinen Blick auf sie richte. »Ich freue mich immer, wenn ich die Gelegenheit habe, meine Macht zu demonstrieren.«

Lysandra erhebt sich ebenfalls und tritt zu mir. Ihre Nähe elektrisiert, doch ich spüre auch die Schärfe in ihrem Ton, als sie sagt: »Sei vorsichtig, Sam. Leviathan ist kein gewöhnlicher Gegner. Er ist einer der mächtigsten Höllenprinzen.«

Ich trete einen Schritt näher, unsere Gesichter nur einen Hauch voneinander entfernt. »Ich unterschätze niemanden, Lys«, sage ich, meine Stimme ruhig, doch in ihr schwingt eine tödliche Sicherheit mit. »Aber ich fürchte auch niemanden. Und Leviathan wird das bald lernen. Auf die harte Tour.«

Ihr Blick wird ernster, eine Spur von Sorge schleicht sich in ihre Stimme. »Und was ist, wenn es schiefgeht?«

»Ich scheitere nicht, Lys. Ich bin der Beste. Und Leviathan wird bald wissen, wo sein Platz ist.«

Sie seufzt und lehnt ihren Kopf gegen meine Brust. Ihre Stimme ist leise, fast ein Flüstern. »Du bist unverbesserlich.«

»Das ist einer meiner vielen Vorzüge«, erwidere

ich, während ich sie sanft auf den Kopf küsse. »Mach dir keine Sorgen, Lys. Ich habe alles unter Kontrolle.«

»Das hoffe ich«, sagt sie und hebt ihren Blick zu mir. »Denn ich will dich nicht verlieren.«

Ich lächle, ein kaltes, gefährliches Lächeln, und halte ihren Blick fest. »Dann bleib auf meiner Seite, und du wirst mit mir unsterblich ... ich habe bereits drei Prinzen vernichtet und stehe immer noch hier, stärker als je zuvor!«

»Du kannst nicht einfach in diesen Kampf stürzen, ohne dich vorzubereiten, Sam.«

Ich winke ab, ihre Sorge prallt an mir ab wie Wasser an Stein. »Vorbereitung? Wozu? Ich brauche keine Strategie. Keine Trainingseinheit. Ich habe Dämonenkräfte, meine Intelligenz und, nicht zu vergessen, meinen unwiderstehlichen Charme. Was könnte ich mehr brauchen?«

Ihre Augen suchen meinen Blick, ein Hauch von Frustration und Sorge darin. »Sam, sei vernünftig. Du bist stark, ja, aber Leviathan ist nicht zu unterschätzen. Zumindest solltest du ein paar Strategien entwickeln.«

Ein leises, überhebliches Lächeln spielt auf meinen Lippen, als ich sie näher zu mir ziehe. »Strategien? Meine Strategie ist einfach, Lys: Leviathan mit meiner Macht zu überrollen. Ich brauche keine ausgeklügelten Pläne. Ich bin ein Naturtalent, das Beste, was diese Hölle je gesehen hat.«

Sie seufzt, aber ein amüsiertes Lächeln umspielt ihre Lippen. »Du und dein Ego«, murmelt sie, doch ich spüre, dass sie sich von meiner Selbstsicherheit angezogen fühlt.

Ich beuge mich vor, ihre Stirn mit einem sanften Kuss berührend. »Ich nehme die Dinge ernst, Lys – auf meine Weise. Und glaub mir, Leviathan wird ein weiteres Kapitel in meiner Erfolgsgeschichte.«

Sie schüttelt den Kopf, doch ihre Augen funkeln vor Bewunderung. »Nur weil du überheblich bist, heißt das nicht, dass du nicht auch manchmal recht hast,« gibt sie schließlich zu.

Ein triumphales Lächeln breitet sich auf meinem Gesicht aus, als ich aufstehe und den Raum durchschreite. »Ich habe immer recht, Lys. Bald wird die gesamte Unterwelt wissen, dass selbst Leviathan kein Gegner für mich ist.«

»Du bist unverbesserlich,« sagt sie und beobachtet mich mit einer Mischung aus Frustration und Zuneigung.

»Das ist Teil meines Charmes,« antworte ich, ihr ein verschmitztes Zwinkern zuwerfend. Ich greife nach einer weiteren Traube und lasse sie zwischen meinen Zähnen zermalmen, bevor ich mich wieder zu ihr wende. »Weißt du, Lys, der wahre Grund, warum ich Leviathan besiegen will, hat nichts mit seinem Angriff auf die Erde zu tun. Es geht um etwas viel Größeres.«

Ihre Augen weiten sich leicht vor Neugier. »Und was wäre das?«

Ich lehne mich vor, meine Stimme ein dunkles Versprechen, durchzogen von Gier und Vorfreude. »Seine Dämonenseele. Stell dir die Macht vor, die ich gewinnen könnte, wenn ich die Seele eines Höllenprinzen wie Leviathan in meinen Besitz bringe.«

Lysandra lehnt sich ebenfalls vor, fasziniert, ihre Augen auf meine gerichtet. »Das wäre in der Tat eine enorme Machtquelle. Aber es ist auch extrem gefährlich, Sam. Leviathans Seele zu nehmen, könnte unabsehbare Folgen haben.«

Ich erhebe mich mit einem energischen Schritt, meine Hände fest auf den Tisch gestützt. »Ich lebe für das Gefährliche, Lys. Leviathans Angriff ist der perfekte Vorwand, den ich brauche, um ihn zu konfrontieren. Und ich werde nicht zögern.«

Ein wissendes Lächeln huscht über ihre Lippen. »Es geht dir also nicht darum, die Erde zu retten, oder?«

Ich lache, ein kalter, harscher Laut. »Die Erde retten? Lys, ich werde ein Dämon. Heldenhaftigkeit ist nicht mein Stil. Die Rettung der Welt ist lediglich ein Nebenprodukt. Was ich wirklich will, ist Leviathans Seele. Der Angriff ist nur ein glücklicher Zufall.«

Sie schmiegt sich an mich, ihre Augen glitzern vor einer Mischung aus Bewunderung und Resignation. »Du bist so berechnend. Aber genau das macht dich so faszinierend.«

Ich umfasse ihre Taille, ziehe sie eng an mich, meine Stimme ein Flüstern, das dennoch vor Entschlossenheit vibriert. »Selbstsüchtig und stolz darauf, Lys. Und Leviathan wird der Nächste sein, der das lernt.«

Unsere Lippen treffen sich in einem leidenschaftlichen Kuss, roh und voller Besitzanspruch. Als ich mich löse, sehe ich das Leuchten in ihren Augen. »Jetzt, wo wir das geklärt haben ...«, sage ich, ein gefährliches Grinsen auf meinen Lippen, »... Zeit, dem Fisch den Haken zu zeigen!«

KAPITEL 2:

SPUREN DES NEIDS

Die Luft zerreißt mit einem unheil-
vollen Zischen – das Portal klafft offen wie eine Wunde in der Welt, pulsierend vor atmender Finsternis. Sie riecht nach
Schwefel, Macht ... und Lust. Die schwirrende Aura
des Tores flackert in unheilvollem Rot, wie ein lebendiges Wesen, das nur darauf wartet, uns zu verschlingen. »Nach dir, Lys«, sage ich und mache
eine übertrieben dramatische Geste in Richtung
des Portals – und genieße dabei den Anblick ihres
Hinterns in voller Bewegung. Ich war nie ein Gent-
leman. Ich genieße. Und ich genieße gründlich.
Ohne ein Wort tritt sie hindurch, ihre Bewegungen
geschmeidig wie die eines Raubtiers.

Ich folge ihr und finde mich in meiner alten,

heruntergekommenen Wohnung wieder. Der scharfe Kontrast zur opulenten Festung, die wir gerade verlassen haben, ist fast grotesk. Der vertraute Geruch von altem Holz und Metall erfüllt die Luft. Hier stinkt es nicht nach Macht. Hier riecht es nach Erinnerung. Und Erinnerung stinkt nach Schwäche.

»Erklär mir noch mal, warum wir hierher zurückgekommen sind?«, fragt Lysandra, während sie sich in dem schäbigen Raum umsieht, ein Ausdruck des Zweifels auf ihrem Gesicht.

»Wir müssen sehen, was Leviathan angerichtet hat. Außerdem ... vermisse ich diesen Ort irgendwie«, sage ich, meine Augen gleiten über die spärlich bestückte Werkstatt, die ich einst meine Rüstkammer nannte. Einige meiner älteren Waffen hängen noch an den Wänden, ein Schatten meiner früheren Jagdzeiten. »Aber jetzt genug von Nostalgie. Lass uns sehen, was Leviathan in dieser Stadt angerichtet hat.«

Wir verlassen die Wohnung, die Tür fällt hinter uns ins Schloss wie ein Kapitel, das sich schließt, und treten auf die Straßen der Stadt hinaus. Die Atmosphäre ist bedrückend, die Luft schwer von unausgesprochenen Konflikten. Menschen laufen an uns vorbei, ihre Blicke nervös, ihre Bewegungen fahrig. In ihren Augen spiegelt sich das, was ich sofort erkenne: Neid. Unbarmherzig, allgegenwärtig.

Leviathans Werk.

»Leviathan hat bereits seine Spuren hinterlassen«, sage ich, während wir an einer Gruppe streitender Menschen vorbeigehen. Ihre Stimmen überschlagen sich, ihre Worte scharf wie Messer. »Der Neid frisst sich durch ihre Herzen, wie ein Parasit, der sie von innen heraus zerstört.«

Lysandra beobachtet die Szene, ihr Blick ist nachdenklich, fast melancholisch. »Es ist beunruhigend. Sie sind wie Marionetten, deren Fäden Leviathan zieht.«

Ich lächle kalt, meine Augen voller düsterer Belustigung. »Ich liebe es, wenn du poetisch wirst. Aber du hast recht – sie sind gefangen in ihrem eigenen Neid. Gefangen in Leviathans Spiel. Es ist beinahe ... bewundernswert.«

»Bewundernswert?«, fragt sie, ihre Stimme schneidend wie ein Dolch.

Ich lasse meinen Blick über eine weitere Szene des Chaos gleiten: ein Paar, das sich auf offener Straße über eine Bagatelle anschreit. Die Stimmen hallen zwischen den Gebäuden wider. »Natürlich ist es bewundernswert. Schau dir nur genau an, wie er es tut – subtil, präzise, kunstvoll. Leviathan hat die Seele eines Künstlers. Er webt Dunkelheit wie andere Tinte. Seine Werke flüstern. Zerreißen. Und genau das liebe ich daran.«

Lysandra schüttelt den Kopf, aber ihre Augen funkeln, irgendwo zwischen Belustigung und Besorgnis. »Du findest Kunst in Zerstörung?«

Ich zucke mit den Schultern. »Vielleicht. Aber du liebst es doch, Lys.«

Wir gehen weiter, die Stadt um uns herum wie eine verwundete Kreatur, die langsam verblutet. Leviathan hat ganze Arbeit geleistet. Überall sehe ich Streit, Missgunst, Zwietracht – seine Signatur. Es ist fast so, als wäre die ganze Stadt in seinem Bann.

»Er nährt sich von ihrem Neid«, sage ich schließlich. »Das ist sein größter Trick. Und genau das wird sein Untergang sein.«

Lysandra bleibt stehen, ihre Augen ruhen auf mir, ihre Stimme wird ernst. »Und wie willst du ihn aufhalten, Sam?«

Ich drehe mich zu ihr um, mein Blick kühl und entschlossen. »Ich werde ihn konfrontieren. Ich werde Leviathan zeigen, dass er nicht der Einzige ist, der Macht über die Herzen der Menschen hat. Und dann ... werde ich seine Seele nehmen.«

Sie sieht mich lange an, ein Hauch von Besorgnis und Bewunderung in ihrem Blick. Ich nehme ihre Hand, drücke sie fest. »Ich bin immer vorsichtig, Lys. Und mit dir an meiner Seite? Wird Leviathan lernen, dass er einen Fehler gemacht hat.«

Ein kaltes Lächeln macht sich auf meinen Lippen breit, während ich auf eine Gruppe streitender Menschen zusteuere. Die hitzigen Stimmen übertönen die Geräusche der Stadt, und niemand bemerkt uns, bis ich spreche. »Seht ihr, was Neid mit euch macht?« Meine Stimme schneidet durch den Lärm, durchdrungen von unmissverständlicher Autorität.

Sie verstummen. Ihre Augen weiten sich – Unsicherheit, Furcht, nackte Erwartung. »Wer bist du?«, fragt einer von ihnen, seine Stimme schwach, wie ein Kind, das versucht, mutig zu wirken.

Ich trete näher, langsam, jede Bewegung eine Demonstration von Kontrolle. »Ihr wollt wissen, wer ich bin?«, antworte ich kühl, meine Augen durchdringen ihn wie Messer. »Ich bin der, der entscheidet, ob ihr morgen noch existiert. Und ich bin hier, um euch zu zeigen, wie lächerlich dieser Streit ist. Ihr seid Marionetten in einem Spiel, das ihr nicht einmal versteht. Euer jämmerliches Gezeter ist nicht einmal unterhaltsam!«

Hinter mir höre ich Lysandras leises, belustigtes Lachen. »Du genießt das wirklich, nicht wahr?«, fragt sie, ihre Stimme leise, fast neckend.

»Ich genieße es immer, Schwächen aufzudecken«, sage ich mit einem Hauch von Spott und wende mich wieder der Gruppe zu. »Seht euch doch an. Der Neid zerfrisst euch, lässt euch wie Tiere kämpfen. Und wofür? Für nichts von Wert.«

Ein Mann will protestieren, doch ich unterbreche ihn mit einem scharfen Blick. »Das ist genau euer Problem. Ihr seid so besessen davon, was andere haben, dass ihr nicht seht, wie es euch zerstört.«

»Und was schlägst du vor?«, fragt eine Frau aus der Gruppe, ihre Stimme zitternd, aber neugierig.

Ich lasse meine Worte absichtlich langsam kommen, sie mit dem Gewicht meiner Präsenz verstärkend. »Ihr wollt Macht? Holt sie euch. Aber nicht, indem ihr euch wie Kinder um Spielzeug prügelt!«

Langsam beginnt die Gruppe zu nicken, als würde meine Botschaft endlich in ihre Köpfe dringen. »Vielleicht hat er recht«, murmelt einer.

Ein triumphales Lächeln breitet sich auf meinem Gesicht aus. »Ich habe immer recht«, sage ich, meine Stimme tief und endgültig. Ich drehe mich um und nicke Lysandra zu. »Komm, Lys. Lass uns von diesem Abschaum verschwinden ...«

Kaum haben wir ein paar Schritte gemacht, als ein lauter Tumult unsere Aufmerksamkeit auf sich zieht. Eine andere Gruppe Menschen scheint kurz davor, sich gegenseitig an die Gurgel zu gehen. Ihre Stimmen sind voller Wut, ihre Bewegungen unberechenbar, getrieben von Leviathans Einfluss.

»Und weiter geht's«, sage ich und stecke lässig die Hände in die Taschen meiner Lederjacke. Mein Blick gleitet über die streitende Gruppe, ihre Stimmen scharf und voller unbändiger Wut. »Ein perfektes Beispiel für Leviathans Werk.«

Lysandra bleibt stehen, ihre Augen wachsam, ihre Stimme fest. »Sam, wir sollten vorsichtig sein. Das könnte ausarten.«

Ich schnaube amüsiert und trete vor. »Lass sie doch ausarten, Lys. Ich freu mich drauf.«

Bevor sie antworten kann, setze ich mich in Bewegung, dränge mich zwischen die Streithähne. Ihre hitzigen Worte verhallen, als meine Präsenz sie erreicht. Ein Mann, offensichtlich der Anführer, dreht sich zu mir um, seine Kiefermuskeln angespannt.

»Wer zum Teufel bist du, dass du dich hier einmischst?«

Ein dunkles Grinsen zuckt über meine Lippen. Ich lasse meine Aura aufflammen, ein Beben durchzieht die Luft. Die Atmosphäre wird drückend, die Schatten um uns herum scheinen sich zu vertiefen, als ein Schauer roher, dunkler Energie von mir ausgeht. Die hitzige Wut der Streithähne erstirbt augenblicklich, weicht einem plötzlichen Instinkt: Angst.

»Ich bin derjenige, der euren lächerlichen Konflikt beendet«, sage ich leise, und doch trägt meine Stimme eine unüberhörbare Bedrohung in sich. »Leviathan flüstert euch in die Ohren, er füttert eure Gier und euren Neid. Und ihr fallt darauf herein wie Marionetten.«

Der Anführer blinzelt, sein Blick zuckt von mir zu Lysandra, dann zurück. Ich sehe es in seinen Augen – den kurzen Moment des Widerstands. Den Hauch von Trotz. Mein Blut pocht in meinen Adern, meine Finger zucken. Ein einzelner, schneller Schlag würde genügen. Ein Beben durch den Boden, ein Bruch seiner dummen Selbstgefälligkeit.

Ja. Ich sollte ihn brechen.

Ohne Vorwarnung verändert sich ihre Präsenz. Es beginnt mit einem kaum sichtbaren Zucken. Ein Wimpernschlag – dann breitet sich ihre wahre Gestalt aus wie ein schwarzer Flügelschlag. Ihre Hörner brechen hervor, elegant und tödlich, während ihre Augen in einem glutroten Leuchten aufbrennen. Ihre Haut schimmert in einem metallischen Glanz, ihre Aura pulsiert vor dämonischer Energie. Die Temperatur steigt spürbar, als würde die Hölle selbst durch ihre Adern fließen.

Die Menge zuckt zurück, als hätte man ihnen plötzlich den Atem geraubt. Ich grinse. Ja. So liebe ich sie.

Dann bricht eine Welle nackter Furcht durch die Umstehenden. Ein Mann keucht, zieht den Kopf ein, stolpert rückwärts. Die Panik ist ansteckend. Ein anderer stolpert rückwärts, dreht sich um und sprintet davon. Innerhalb weniger Sekunden lösen sich die Streitenden auf, flüchten in verschiedene Richtungen, als hätte der Leibhaftige selbst sie zu Tode erschreckt.

Ich verenge die Augen. Feiglinge. Mein Blick folgt dem Anführer, der als Letzter zögert. Er sieht mich noch einmal an, als könnte er sich nicht entscheiden, ob er kämpfen oder weglaufen soll. Meine Finger ballen sich zur Faust. Vielleicht hat er mehr Mut als die anderen. Ich hoffe fast, er greift an. Nur ein Hauch von Widerstand. Nur ein Grund, ihn aufzuspießen und der Menge ein Zeichen zu geben. Nur einer muss fallen. Der Rest wird knien.

Aber dann schüttelt er nur den Kopf, wirft mir einen Blick zu, der irgendwo zwischen Trotz und Schrecken liegt, und macht sich aus dem Staub.

Verdammt.

Ich entspanne meine Finger langsam, mein Körper noch immer aufgeladen mit ungenutzter Wut. Lysandra neben mir hat ihre Arme vor der Brust verschränkt. Sie hat die Szene schweigend beobachtet, doch jetzt lächelt sie leicht.

»Enttäuscht?«

Ich werfe ihr einen schiefen Blick zu. »Sie hätten ein paar Lektionen verdient.«

»Oh, ich weiß«, sagt sie amüsiert und lehnt sich an mich. »Aber es ist wohl ihr Glückstag.«

Ich atme aus, das Glühen in meinen Augen langsam abebbend. »Nächstes Mal.«

Lysandra streicht sich über ihr Haar, während sie mich mustert. »Und das ist dein Weg, Gutes zu tun? Einschüchtern, Angst säen?«

Ich trete näher, lege meine Arme um sie und ziehe sie fest an mich. »Manchmal muss man hart sein, um das Richtige zu tun. Sie hätten sich selbst zerstört, wenn ich nicht eingegriffen hätte.«

Nachdem wir die Straßenszene hinter uns gelassen haben, gleitet mein Blick wachsam über die Überreste von Leviathans Werk. Ein Lächeln huscht über mein Gesicht. »Lys, halte die Ohren offen«, sage ich, meine Stimme ruhig, aber fest. »Wir suchen nach jedem Gerücht, jeder Spur, die uns zu Leviathan führen könnte.«

»Verlass dich darauf, Sam«, erwidert Lysandra, während ihre Augen aufmerksam die Menge durchkämmen. »Aber was genau suchen wir?«

Ich halte kurz inne, mein Blick fixiert sich auf eine Gruppe von Passanten, deren Diskussion immer hitziger wird. »Alles, was auf eine Zunahme von

Neid oder ungewöhnliche Vorfälle hindeutet. Leviathan ist wie ein Schatten, der seine Spuren in den Herzen der Menschen hinterlässt. Es ist immer da, wenn er in der Nähe ist.«

Während wir weitergehen, fangen meine Ohren Gesprächsfetzen auf, die durch die dichte, hektische Masse fließen. »Hast du gehört, dass in der Nachbarstadt plötzlich alle verrückt spielen?«, fragt eine Frau ihre Begleiterin. »Sie streiten sich um alles und nichts, und die Polizei kann kaum noch etwas tun.«

Ich spüre es. Die Hitze unter der Oberfläche. Leviathan ist nicht mehr weit. Ein scharfes Lächeln breitet sich auf meinen Lippen aus, und ich greife nach Lysandras Hand, um ihre Aufmerksamkeit zu gewinnen. »Das Muster ist unverkennbar. Wo Neid wuchert, ist Leviathan nicht weit.«

»Genau«, sage ich mit Nachdruck, mein Tonfall gefährlich leise. »Er liebt es, Zwietracht zu säen, Menschen gegeneinander aufzubringen.«

Ich beuge mich vor, mein Blick wird schärfer, dunkler. »Ich werde ihn brechen – nicht mit Klingen. Nicht mit Flammen. Ich werde ihn von innen zerreißen. Langsam. Genüsslich. Und wenn nichts mehr übrig ist, nehme ich, was mir zusteht – seine Seele.«

KAPITEL 3:

DIANA, DIE DÄMONENJÄGERIN

in metallischer Klang zerreißt die Stille – Klingen, die aufeinandertreffen. Ich halte inne, meine Sinne angespannt. »Hörst du das auch, Lys?«, frage ich und deute in die Richtung des Lärms, ein Hauch von Neugier und Vorfreude in meiner Stimme.

»Ja, klingt nach Ärger«, erwidert sie knapp, ihre Augen blitzen gefährlich auf, während sie mir folgt.

Der schmale Weg führt uns in einen von Schatten erfüllten Hinterhof. Die Quelle des Lärms ist schnell ausgemacht: eine Frau, die mit bemerkenswerter Geschicklichkeit und tödlicher Präzision gegen eine Gruppe von Dämonen kämpft. Ihre Bewegungen sind fließend, fast tänzerisch, und ihre Klingen schneiden durch die Luft wie Blitze. Jeder

Schlag trifft sein Ziel – gnadenlos und endgültig. Ihre schlanke, durchtrainierte Gestalt wirkt dabei wie eine perfekt abgestimmte Waffe, ein Kunstwerk aus Kraft und Kontrolle.

Ihr dunkles, welliges Haar ist zu einem lockeren Zopf gebunden, doch einige Strähnen lösen sich bei jeder geschmeidigen Bewegung und rahmen ihr kantiges, von einer schmalen Narbe gezeichnetes Gesicht ein. Ihre grünen Augen, leuchtend und durchdringend, scheinen jeden Winkel des Schlachtfeldes gleichzeitig zu erfassen, eine Mischung aus scharfer Intelligenz und unnachgiebiger Entschlossenheit.

Ich lehne mich lässig gegen eine Mauer, beobachte die Szene mit verschränkten Armen und einem selbstgefälligen Lächeln. Die enge, dunkle Lederkleidung, die ihren Körper wie eine zweite Haut umgibt, lässt keinen Zweifel an ihrer Kampferfahrung. Jeder Schnitt und jede Verstärkung ihres Outfits wurde offensichtlich mit Bedacht gewählt, um sowohl Schutz als auch Bewegungsfreiheit zu garantieren. Eine schlichte Halskette mit einem kleinen, unauffälligen Anhänger baumelt bei jeder ihrer Bewegungen – ein möglicher Hinweis auf etwas Persönliches, etwas Bedeutungsvolles.

»Sieht aus, als hätten wir eine Dämonenjägerin gefunden«, kommentiere ich trocken, meine

Stimme triefend vor Amüsement, während der letzte Dämon mit einem präzisen Schlag zu Boden geht.

Lysandra nickt langsam, ihre Augen schmal vor Anerkennung. »Sie ist gut. Sehr gut.«

Ich trete vor, die Schritte absichtlich ruhig und kontrolliert. »Nicht schlecht«, rufe ich der Frau zu, meine Stimme laut genug, um in der stiller werdenden Nacht zu hallen. »Du weißt, wie man mit Dämonen umgeht.«

Die Frau dreht sich zu uns um, ihre Waffe noch fest in der Hand, die Klinge funkelt bedrohlich im schummrigen Licht. Ihre Haltung ist angespannt, doch das Leuchten ihrer Augen – dieses scharfe, grüne Feuer – wirkt wie ein weiterer Dolch, bereit, uns zu durchbohren. Ihre Stimme ist fest, ein Hauch von Misstrauen schwingt mit, als sie fragt: »Wer seid ihr?«

Ich lächle, mein Blick selbstbewusst. »Ich bin Sam, und das ist Lysandra.« Ich trete näher. »Wir sind beeindruckt von deinen Fähigkeiten.«

Sie mustert uns beide, ihre Haltung bleibt vorsichtig. »Ihr seid keine gewöhnlichen Passanten, nehme ich an?«

Mein Grinsen wird breiter, fast überheblich. »Wir sind das Gegenteil von gewöhnlich. Gefährlich attraktiv inklusive«, sage ich, meine Stimme gesättigt mit Stolz. »Ich bin ein Dämonenjäger mit besonderen ... Talenten. Und Lysandra hier? Nun, sie ist mit Sicherheit auch kein Engel.« Mein Blick gleitet zu Lysandra, die ein amüsiertes Lächeln zeigt.

Die Frau lässt ihre Klinge leicht sinken, bleibt jedoch auf der Hut. »Diana. Ich jage Dämonen. Also solltet ihr besser keine feindlichen Absichten haben.«

Ich lache leise, ein dunkler Laut, der durch die Enge des Hinterhofs vibriert. »Keine Sorge, Diana. Wir haben unsere eigenen Gründe, Leviathan zu jagen. Vielleicht können wir uns gegenseitig helfen.«

Ihre Augenbrauen ziehen sich zusammen. »Leviathan? Ihr seid hinter ihm her?«

»Absolut«, sage ich ruhig, doch in meiner Stimme liegt eine gefährliche Kante. »Er hat etwas, das ich will. Seine Dämonenseele.«

Diana mustert mich skeptisch, ihr Griff um ihre Waffe bleibt fest. »Und warum sollte ich euch vertrauen?«

Ich trete noch einen Schritt näher, meine Haltung bleibt souverän. »Liebling, ich bin nicht irgendein dahergelaufener Dämonenjäger. Ich habe Luzifer vom Himmel geholt, Mammon zerquetscht und Asmodeus in Stücke gerissen. Glaub mir – ich weiß, was ich tue.« Mein Tonfall ist spielerisch, fast spöttisch, während ich sie mit einem charmanten Lächeln ansehe.

Dianas Augen weiten sich leicht, Unglaube flackert in ihrem Blick. »Du hast drei Höllenprinzen getötet?«

»Ja«, antworte ich, mein Lächeln wird breiter. »Ich bin der Beste in dem, was ich tue. Und jetzt will ich Leviathans Seele. Und ich bekomme immer, was ich will.«

Sie zögert, ihre Augen bleiben prüfend auf mir, bevor sie langsam nickt. »In Ordnung. Aber ich warne euch: Ich toleriere keine Tricks.«

Mein Grinsen wird dunkler, kälter. »Tricks sind meine Spezialität«, sage ich und zwinkere ihr zu. »Aber keine Sorge. Dieses Mal spielen wir auf derselben Seite.«

Mit einem entschlossenen Nicken steckt sie ihre Waffe weg. »Gut. Dann lasst uns sehen, was wir über Leviathans Pläne herausfinden können.«

Die Dunkelheit um uns ist dicht, doch Dianas Augen brennen vor Entschlossenheit. »Ich habe meine eigene Rechnung mit Leviathan zu begleichen«, sagt sie, ihre Stimme hart, ein kalter Hauch von Wut schwingt mit.

Ich lehne mich lässig an die Wand, meine Augen fixieren sie neugierig. »Oh, eine persönliche Vendetta? Das klingt interessant.« Mein Tonfall ist

spöttisch, doch in meinem Inneren bin ich fasziniert. »Erzähl uns mehr, Diana.«

Diana atmet tief durch, ihre Haltung bleibt angespannt, während sie ihre Geschichte beginnt.
»Leviathan hat mir etwas genommen, das ich nie
wieder zurückbekommen werde. Er hat meine Fa-
milie in seinen Wahnsinn des Neids gezogen und
damit ihre Zerstörung verursacht. Mein Hass auf ihn
brennt tief.«

Lysandra tritt an ihre Seite, ihre Stimme sanft,
doch ihre Worte fest. »Das tut mir leid zu hören, Diana. Niemand sollte so etwas durchmachen.«

Diana wendet sich abrupt zu ihr, ihre Augen funkeln vor Zorn. »Ich brauche dein Mitleid nicht,«
faucht sie. »Ich brauche Rache. Und die werde ich
bekommen.«

Ich nicke langsam, ein dunkles Lächeln auf
meinen Lippen. »Eine Frau nach meinem Geschmack. Rache ist ein mächtiges Motiv.«

Diana fixiert mich mit einem Blick, der so scharf
ist wie eine Klinge. »Ich lasse mich nicht von deiner
Arroganz ablenken, Sam. Ich bin hier, um Leviathan
zu vernichten, nicht, um deine Eitelkeiten zu füt-
tern.«

Ich lache leise, lasse mich jedoch nicht aus der
Ruhe bringen. »Entspann dich.« Mein charakteristi-

sches selbstsicheres Grinsen gleitet über mein Gesicht. »Ich bewundere deine Entschlossenheit. Und ich werde dir helfen, Leviathan zu finden – und ihn bezahlen zu lassen. Natürlich habe ich auch meine eigenen Gründe.«

Ihre Augen verengen sich misstrauisch. »Und welche wären das?«

»Wie ich schon sagte: seine Dämonenseele. Nicht mehr und nicht weniger als das.« Meine Worte sind ruhig, fast beiläufig, doch die Gier in meinem Ton ist unverkennbar. »Sie wird meine Macht weiter steigern. Und ich habe keine Absicht, diese Gelegenheit zu verpassen.«

Diana mustert mich, ihr Blick ist prüfend, abwägend. »Nur, um das klarzustellen, Sam: Ich will Leviathan tot sehen. Wenn das mit deinen Plänen übereinstimmt, dann sind wir im Geschäft.«

Ein kaltes Lächeln breitet sich auf meinem Gesicht aus, als ich mich von der Wand abstoße. »Ich werde ihm seine Seele nicht entziehen können, so lange er lebt.«

Lysandra tritt näher, ein Hauch von Anerkennung in ihren Augen, während sie Diana sanft auf die Schulter klopft. »Wir haben alle unsere Gründe, Leviathan zu jagen. Und wenn wir unsere Kräfte bündeln, können wir ihn bezwingen.«

Ich beobachte die beiden Frauen. Lys Geste

wirkt beiläufig, aber ich kenne sie besser. Ihre Finger verweilen einen Hauch zu lange auf Dianas Schulter. Diana reagiert nicht – noch nicht –, aber ihre Muskeln entspannen sich.

Mein Blick gleitet über ihre Körper. Unterschiedlich. Und doch ... beide schön auf ihre Weise.

Ich spüre das Prickeln, das sich zwischen uns aufbaut – leise, unterschwellig. Eine Spannung, die nichts mit Krieg zu tun hat. Noch nicht.

Lysandra spürt es auch. Ich sehe es in ihrem Lächeln. Ich hebe nur leicht die Braue. Und Lys schenkt mir dieses winzige, wissende Nicken. Ja. Sie weiß es. Es ist nur eine Frage der Zeit.

Diana wirft uns beiden einen Blick zu, ihre Augen voller Entschlossenheit. Schließlich nickt sie langsam. »Gut. Aber lasst mich eines klarstellen: Ich bin hier für Rache. Ich werde nicht zögern, mein Ziel zu erreichen.«

»Und ich bin hier für die Macht«, füge ich hinzu, mein Lächeln wird breiter, fast gefährlich. »Eine perfekte Kombination, findest du nicht?«

Diana hebt eine Augenbraue, ein Hauch von Ironie in ihrer Stimme. »Ihr beiden seid ungewöhnliche Verbündete. Ein dämonischer Dämonenjäger und eine ... was auch immer auch du wirklich bist.« Sie betrachtet Lysandra argwöhnisch.

Lysandra lächelt sanft, ihre Stimme wird weich,

aber bestimmt.»Ich bin vieles, Diana. Aber vor allem bin ich an Sams Seite. Und das wird dir bald klar werden.«

Diana zögert einen Moment länger, dann nickt sie entschlossen.»Ihr werdet mich nicht los. Ich war zuerst hinter Leviathan her – jetzt jag ich ihn mit euch. Aber glaubt nicht, dass ihr mir sagen könnt, was ich tun soll.«

»Gut«, sage ich mit einer dramatischen Geste. »Zusammen werden wir Leviathan nicht nur stoppen – wir werden ihn vernichten.«

Diana folgt uns, ihre Entschlossenheit wie ein brennender Funke in der Dunkelheit.»Zeit, den Neid an die Quelle zu bringen«, sagt sie mit einer Stimme, die von Rache getränkt ist.

Ich blicke über meine Schulter, mein Lächeln ist kalt und gefährlich.»Das ist die richtige Einstellung, Diana. Leviathan, mach dich bereit. Dein Untergang ist nah.«

Während wir durch die dunklen, labyrinthartigen Straßen der Stadt ziehen, Diana an unserer Seite, kreist ein Funken Skepsis in meinem Kopf. Die nächtliche Luft ist schwer, getränkt von einer kaum greifbaren Spannung, die mich fast zum Lächeln bringt. Chaos lag in der Luft, und Leviathan war der Dirigent.

»Lys«, beginne ich leise, meine Stimme schneidend wie ein Messer, während wir uns durch die engen Gassen bewegen. »Ich schätze Dianas Fähigkeiten und ihr Wissen über Dämonen. Aber ihre impulsive Art? Die macht mich nachdenklich.«

Lysandra wirft mir einen kurzen Seitenblick zu, ihre Augen flackern mit Sorge. »Ich verstehe deine Bedenken, Sam. Ihre Rachsucht ist wie eine Klinge – sie kann sowohl nützlich als auch gefährlich sein. Wir müssen vorsichtig sein.«

Plötzlich spüre ich eine Hand auf meiner Schulter – fest, aber nicht feindselig. Ich drehe den Kopf leicht und sehe Diana hinter mir stehen. Sie hat sich lautlos genähert, ihre Haltung ruhig, doch in ihren grünen Augen lodert ein Funken Herausforderung.

»Ich höre euch, verdammt nochmal«, zischt sie, bleibt aber stehen. Ihre Stimme ist scharf wie eine Klinge. »Nennt es Rachsucht, nennt es Wahnsinn – mir egal. Aber sie hält mich am Leben. Und ihr beide? Ihr wisst einen Scheiß über das, was ich verloren habe.«

Ich lasse mir einen Moment Zeit, bevor ich antworte. Mein Blick ruht auf ihr, während ich ihre Worte abwäge. Schließlich hebe ich leicht eine Augenbraue und trete ein Stück näher, sodass nur noch ein Atemzug zwischen uns liegt.

»Ich bezweifle nicht deine Motivation, Diana,

oder deine Fähigkeiten. Aber Rache ist ein zweischneidiges Schwert. Sie kann dir Klarheit geben – oder dich blind machen. Wir brauchen beides, um Leviathan zu besiegen.«

Diana hält meinem Blick stand, ihr Kinn hebt sich leicht. Ihre Präsenz ist unerschütterlich, ihr Stolz ungebrochen.

»Ich habe jahrelang Dämonen gejagt, Sam. Ich weiß, wie man kalt und berechnend bleibt«, entgegnet sie. Doch da ist etwas in ihrer Stimme – ein Hauch von Trotz, vielleicht sogar eine unausgesprochene Warnung.

Lysandra beobachtet das Wechselspiel zwischen uns mit einem leichten Lächeln, das sowohl Belustigung als auch Berechnung in sich trägt.

Dann dreht sich Diana abrupt nach links, ihr Umhang wirbelt leicht, als sie einige Schritte vorausgeht. »Genug Gerede. Ich bringe euch zu Leviathans Werk«, sagt sie bestimmt. »Die überflutete Stadt erwartet uns.«

Ich wechsle einen kurzen Blick mit Lysandra, ein wissendes Grinsen auf meinen Lippen. Dann setzen wir uns in Bewegung, und die Dunkelheit der Gassen verschluckt uns, während wir dem unausweichlichen Sturm entgegengehen.

Diana führt uns zielstrebig zur Stadt, die Leviathan

heimgesucht hat. Der Anblick, der sich uns bietet, ist grotesk: Überflutete Straßen, Wasser, das in den Gassen wie träge Schlangen fließt, und eine bedrückende, fast greifbare Aura des Neids.

»Schön hässlich hat er's gemacht«, sage ich, meine Stimme gesättigt mit einer Mischung aus Abscheu und Faszination. »Leviathan zieht sie runter, bis sie in ihrem eigenen Neid ersaufen.«

Diana bleibt stehen, ihre Augen wandern über die Zerstörung. »Es ist mehr als nur physische Verwüstung«, murmelt sie. »Leviathan hat den Neid der Menschen hier genommen und ihn in etwas ... Greifbares verwandelt. Er lässt sie in ihren eigenen Schwächen ertrinken.«

Lysandra nickt, ihre Stimme ist leise, fast ehrfürchtig. »Es ist, als würde der Neid selbst aus jeder Pfütze, jedem Tropfen strömen. Die Stadt ist nicht nur überflutet – sie wird erstickt.«

Ich lasse meine Augen über die verängstigten Gesichter der Menschen gleiten, die sich gegenseitig misstrauisch beobachten, und ein kaltes Lächeln breitet sich auf meinem Gesicht aus. »Leviathan spielt ein Spiel, das er zu lieben scheint: Schwächen gegen diejenigen zu wenden, die sie beherbergen. Und ich muss zugeben, dass er ein verdammter Künstler ist.«

Lysandra wirft mir einen kurzen Blick zu, doch

sie sagt nichts. Diana hingegen verengt die Augen. »Das ist keine Kunst, Sam. Es ist pure Zerstörung.«

Ich schüttle den Kopf, mein Lächeln verschärft sich. »Zerstörung kann auch Kunst sein, Diana. Es liegt im Auge des Betrachters. Aber keine Sorge – ich werde Leviathan zeigen, dass seine Meisterwerke nicht unberührt bleiben.«

Wir gehen tiefer in die Stadt hinein, die Geräusche von Streit und Angst hallen zwischen den Gebäuden wider. Leviathans Präsenz ist überall spürbar, doch ich fühle keinen Schrecken – nur Vorfreude.

Wir ziehen weiter durch die zerstörten Straßen der Stadt, vorbei an eingestürzten Gebäuden und überfluteten Plätzen. Leviathans Zorn hat hier seine Spuren hinterlassen – zersplittertes Glas, zerbrochene Mauern, und das stetige Plätschern von Wasser, das in den Ruinen widerhallt. Jeder Schritt erinnert an den Einfluss eines Wesens, das die dunkelsten Gefühle der Menschen in reines Chaos verwandelt hat.

»Es ist, als hätte er eine Flutwelle des Neids entfesselt«, sagt Diana leise, ihre Augen gleiten über die Zerstörung, als suchte sie nach einem tieferen Sinn in dem Chaos. »Jeder hier scheint von Misstrauen und Eifersucht zerfressen zu sein.«

»Das macht Leviathan so gefährlich«, bemerkt

Lysandra, ihre Stimme ist ruhig, aber voller Nachdruck. »Er manipuliert die Menschen, nutzt ihre dunkelsten Gefühle, bis sie sich selbst zerstören.«

Ich bleibe stehen und betrachte die Szene, ein kaltes Lächeln breitet sich auf meinem Gesicht aus. Mit einem beiläufigen Tritt stoße ich einen kleinen Stein in eine Pfütze, das Wasser spritzt, als hätte es eine eigene, träge Wut. »Ein selbstgenährtes Chaos – brillant. Krank. Fast ... beneidenswert.«

Als wir uns weiter durch die Ruinen bewegen, beginnt Diana zu sprechen, ihre Stimme ist gedämpft, aber voller Überzeugung. »Es gibt einen alten Unterwassertempel. Die Legenden sagen, dass Leviathan vor Jahrhunderten dort besiegt wurde.«

Ich halte inne, meine Stirn runzelt sich. »Ein Unterwassertempel, also?« Mein Ton ist sarkastisch, aber dahinter liegt eine Spur echter Neugier. »Gerade fühle ich mich in der Hölle mit all dem Feuer so wohl, und jetzt geht's ins Wasser. Was kommt als Nächstes? Ein Spaziergang im Schnee?«

Lysandra lacht leise, ein melodisches Geräusch, das in der düsteren Atmosphäre fast fehl am Platz wirkt. »Vielleicht würde dir das mal guttun, Sam. Eine Abkühlung für dein heißes Gemüt.«

Diana ignoriert meinen Sarkasmus vollständig, ihre Entschlossenheit unerschütterlich. »Dieser

Tempel könnte der Schlüssel sein. Die Legenden sagen, dass dort Wissen verborgen liegt, das uns helfen könnte, Leviathan zu besiegen.«

Ich kreuze die Arme, mein Blick bleibt auf Diana gerichtet.»Klingt nach einem Plan. Aber wie kommen wir dorthin? Ich nehme an, der Tempel liegt nicht gerade um die Ecke.«

Diana nickt langsam.»Es gibt alte Schriften, die den genauen Ort beschreiben. Aber der Tempel wird sicher bewacht sein – von Wächterwesen oder durch tödliche Fallen geschützt.«

Ein dunkles Lächeln breitet sich auf meinem Gesicht aus.»Fallen, Wächter... das klingt nach meinem typischen Dienstag.« Ich blicke auf meine Uhr.»Oh, warte – heute ist tatsächlich Dienstag. Perfektes Timing.«

Diana wirft mir einen Blick zu, ein schwaches Lächeln umspielt ihre Lippen.»Du bist wirklich einzigartig, Sam. Aber ich bin froh, dass du auf unserer Seite bist.«

Ich zwinkere ihr zu, mein Ton ist voller Selbstgefälligkeit.»Einzigartig ist mein zweiter Vorname. Dann lasst uns diesen Tempel finden. Und Leviathan zeigen, was passiert, wenn ein Gott in der Hölle zu tanzen beginnt.«

KAPITEL 4:

REISE ZUM TEMPEL

Ich klatsche meine Hände zusammen. »Lasst uns zurück zu meiner Wohnung gehen«, schlage ich vor, während wir durch die überfluteten Straßen der zerstörten Stadt waten. Die Nacht um uns ist schwer, das Plätschern des Wassers und das Knirschen von Schutt unter unseren Stiefeln sind die einzigen Geräusche. »Wir müssen Vorbereitungen treffen, bevor wir zum Unterwassertempel aufbrechen.«

Lysandra wirft mir einen skeptischen Blick zu. »Vorbereitungen? Und was genau hast du vor?«

Ich zucke beiläufig mit den Schultern. »Na ja, ich muss mein Lieblingsschwert schärfen, und wir brauchen vielleicht Ausrüstung ... oder so«, sage ich mit einem Hauch von Nachlässigkeit, der sie fast zum Seufzen bringt.

Diana, die uns in einigem Abstand folgt, bleibt stehen und verschränkt die Arme. »Du klingst nicht gerade, als würdest du das ernst nehmen, Sam. Dieser Tempel ist kein Spaziergang.«

Ich bleibe stehen und drehe mich zu ihr um, mein Lächeln kühl und selbstsicher. »Ich nehme alles ernst, was mit Leviathan zu tun hat, Diana. Aber Vorsichtsmaßnahmen? Die lasse ich mich nicht bremsen.«

Diana schnaubt leise. »Vorsicht ist keine Schwäche, Sam. Der Unterwassertempel ist ein heiliger Ort, umgeben von Magie und Geheimnissen. Wenn wir unvorbereitet hingehen, könnte uns das Leben kosten.«

»Heiliger Ort, Mysterien, Magie … klingt nach Spaß«, sage ich mit einem Grinsen. »Ich bin immer bereit für ein Abenteuer.«

Diana rollt mit den Augen und murmelt etwas, das ich nicht ganz verstehe. »Dein Selbstvertrauen ist wirklich unerschütterlich.«

Bei meiner Wohnung angekommen öffne ich die Tür. Drinnen nehme ich mir die Zeit, meine Waffen zu überprüfen. Die vertraute Berührung von Klingen und der kalte Glanz des Metalls sind beruhigend.

»Also, Diana, was kannst du uns über diesen Tempel erzählen?«, frage ich beiläufig, während ich ein langes Schwert auf seine Schärfe prüfe.

Diana setzt sich, ihre Haltung ist angespannt, doch ihre Stimme bleibt fest. »Der Unterwassertempel ist uralt. Er wurde von einer Zivilisation erbaut, die Leviathan als Gottheit verehrte. Es heißt, dass dort Wissen verborgen ist, das uns helfen könnte, ihn zu besiegen.«

»Altes Wissen, hm?« Ich schwinge das Schwert durch die Luft, die Bewegung mühelos, fast elegant. »Klingt nach meinem Geschmack.«

Diana ignoriert meinen Sarkasmus und fährt fort. »Der Tempel ist mehr als ein Archiv. Er ist voller Fallen und Rätsel, entworfen, um die Unwürdigen auszusortieren. Wir müssen vorsichtig sein.«

»Fallen und Rätsel?« Ich lasse das Schwert sinken, mein Lächeln wird breiter. »Ich liebe Herausforderungen.«

Nach einigen Minuten intensiver Planung und Waffenprüfung erhebt sich die Frage, wie wir zum Unterwassertempel gelangen sollen. »Also, der Tempel liegt tief im Meer, richtig?«, frage ich, während ich eine meiner Lieblingswaffen in einen Beutel packe.

Diana nickt, ein altes Stück Pergament in der

Hand. »Ja. Aber laut den Schriften gibt es eine Insel, auf der ein Hafen liegt. Von dort aus gibt es einen Zugang zum Tempel.«

Sie zeigt auf eine handgezeichnete Karte auf der Rückseite. »Hier. Es wird gesagt, dass diese Insel von den Wellen des Atlantiks umspült wird, aber von der Zivilisation unberührt geblieben ist.«

Lysandra beugt sich über die Karte, ich ziehe eine moderne Karte hervor, studiere sie kurz und zeige auf einen Punkt im Ozean. »Hier könnte sie sein. Sieht abgelegen genug aus.«

Lysandra nickt langsam. »Glaubst du, wir können dort ein Höllenportal öffnen?«

»Ich denke schon«, sage ich, mein Tonfall entschlossen. »Auch wenn wir die Umgebung nicht kennen, denke ich mit unseren kombinierten Kräften sollte das kein Problem sein.«

Plötzlich zieht Diana ihre Waffen, ihre Augen funkeln vor Misstrauen. »Ein Höllenportal? Nur Dämonen können solche Dinge öffnen.«

Ich hebe beschwichtigend eine Hand, mein Ton ist ruhig, aber autoritär. »Beruhig dich, Diana. Wie ich bereits sagte, habe ich die Seelen von drei Höllenprinzen in mir. Dämonische Tricks sind eine meiner Spezialitäten. Und Lysandra? Nun, sie ist wirklich das Gegenteil von einem Engel. Das musst dir als Erklärung reichen. Vertrau uns, wir wollen alle das Gleiche!«

Diana zögert, ihre Augen bleiben scharf, doch schließlich steckt sie ihre Waffen weg und nickt uns zu.

»Keine Sorge: Dieses Portal wird der erste Schritt sein, Leviathan zu vernichten. Bereitet euch vor. Wir brechen auf.«

Lysandra und ich stehen dicht nebeneinander, unsere Augen geschlossen, während wir uns auf das Ritual konzentrieren. Meine Stimme beginnt zu murmeln, ein uralter Singsang, der die Luft um uns herum vibrieren lässt. Das Flimmern der Energie wird intensiver, und ein dunkles Portal beginnt, sich vor uns zu formen. Schatten und Licht tanzen um die wabernde Öffnung, die den Blick auf einen Strand und das endlose Blau des Meeres freigibt.

»Nach euch, meine Hübschen,« sage ich mit einem breiten Grinsen und einer einladenden Geste zum Portal. Meine Stimme ist süffisant, fast herausfordernd.

Diana nähert sich vorsichtig, ihr Blick kritisch, doch Lysandra lächelt unbekümmert. »Komm, Diana. Es wird Zeit, Leviathan zu finden.«

Mit einem zufriedenen Lächeln genieße ich die Aussicht. Lysandra geht als Erste durch das Portal, ihre Hüften schwingen in perfekter, spielerischer Eleganz, sie weiß nur zu gut, wie sie mich reizen kann. Diana folgt ihr, weniger darauf bedacht zu gefallen, aber mit einer natürlichen, fast unbewussten Anziehungskraft.

Ich lasse mir einen Moment, ziehe eine Augenbraue hoch und murmele kaum hörbar: »Netter Arsch.« Mit einem letzten, amüsierten Schmunzeln folge ich ihnen, trete als Letzter durch das Portal, das sich mit einem leisen, endgültigen Knall hinter mir schließt.

Die salzige Meeresluft schlägt mir ins Gesicht, und das Rauschen der Wellen dringt in meine Ohren. Der Kontrast zur drückenden Hitze und Dunkelheit der Hölle ist fast berauschend. »Sieht so aus, als wären wir am richtigen Ort«, sage ich und lasse meinen Blick über den Strand schweifen, der sich vor uns erstreckt wie ein unberührtes Paradies.

Diana bleibt skeptisch. »Ich hoffe, ihr wisst, was ihr tut.«

Ich lache leise, mein Lächeln selbstsicher. »Ich weiß immer, was ich tue.«

Wir marschieren den Strand entlang, der sich wie ein endloser Teppich aus weißem Sand erstreckt. Das Meer plätschert sanft, der Wind spielt mit unseren Haaren, und der Himmel ist makellos blau. Es ist eine Idylle, die beinahe lächerlich wirkt angesichts dessen, was uns erwartet.

»Sieh dir nur diesen Strand an,« sage ich und trete beiläufig einen Stein ins Wasser. »Die Hölle hat Feuer. Hier gibt's nur Sonne – aber fast genauso schön.«

Lysandra lacht leise, ihr Blick warm und verspielt. »Sam, ich wusste gar nicht, dass du ein Auge für Naturschönheiten hast.«

Ich zucke mit den Schultern und mustere das Wasser, das in hypnotischen Wellen ans Ufer schwappt. »Weißt du was? Vielleicht sollten wir diese Gelegenheit nutzen. Ich hab' gehört, Nacktschwimmen ist eine fantastische Möglichkeit, um sich zu entspannen.«

Lysandras Augen funkeln amüsiert, während sie sich demonstrativ an den Träger ihres Tops greift. »Hmm ... klingt nach einer verlockenden Idee.«

Doch bevor sie mehr als ein paar Zentimeter Stoff bewegt, schnaubt Diana genervt und verschränkt die Arme. »Ernsthaft? Wir haben Wichtigeres zu tun, als euch beim Herumplanschen zuzusehen. Oder habt ihr vergessen, dass wir hier sind, um Leviathans Werk zu finden?«

Ich schnalze mit der Zunge, werfe Lysandra einen verschwörerischen Blick zu. »Sie verdirbt uns wirklich jeden Spaß, oder?«

Lysandra grinst. »Das tut sie. Aber sie hat schon irgendwie recht.«

Ich seufze dramatisch. »Na schön, schon gut. Aber wenn wir das hier überleben, wird das nachgeholt.«

Mit einem letzten, fast wehmütigen Blick auf das verlockende Wasser wenden wir uns wieder unserem eigentlichen Ziel zu. Der Moment der Leichtigkeit verfliegt – das, was vor uns liegt, wird alles andere als ein Spaziergang am Strand.

Der Strand geht in einen dichten Dschungel über, dessen leuchtendes Grün im Sonnenlicht schimmert. Das Zwitschern exotischer Vögel mischt sich mit dem Rascheln von Blättern, als kleine Tiere durch das Unterholz huschen. Der Kontrast zur Hölle könnte nicht größer sein.

Ich ducke mich unter einem tief hängenden Ast und lache trocken. »Ich hätte nie gedacht, dass ich das mal sagen würde, aber ich vermisse mein gemütliches, feuriges Zuhause.«

Nach einiger Zeit erreichen wir eine Landzunge. Zwischen den Felsen versteckt, entdecken wir einen kleinen, verlassenen Hafen – und ein U-Boot, das dort vor Anker liegt. Es wirkt wie ein Fremdkörper in der unberührten Umgebung, ein Relikt aus einer anderen Zeit.

»Sieht so aus, als hätten wir unseren Zugang zum Tempel gefunden,« sage ich, während ich auf das U-Boot deute.

Lysandra hebt eine Hand, ihr Blick angespannt. »Seht euch um. Da ist Bewegung. Wir sind nicht allein.«

Ich lasse meinen Blick durch die Umgebung gleiten, meine Sinne sind scharf. »Ich schwimme rüber und schaue, was los ist,« schlage ich vor und beginne, mein Hemd auszuziehen.

Diana verschränkt die Arme vor der Brust, ihre Stimme ein scharfer Kontrast zu meiner Gelassenheit. »Das ist ein verdammt dummer Plan, Sam. Du weißt nicht, was da drüben auf dich wartet, und du kannst nicht ewig die Luft anhalten.«

Ich zucke mit den Schultern und lasse mein Hemd in den Sand fallen. »Mach dir keine Sorgen, Diana. Ich bin kein gewöhnlicher Mensch.«

Mit einem selbstgefälligen Grinsen greife ich nach meiner Hose und ziehe sie in einer lässigen Bewegung aus. Dann werfe ich sie Lysandra zu, die sie mit einem amüsierten Lächeln auffängt. »Halt sie gut fest, Lys. Ich vertraue dir.«

Lysandra lacht und drückt den Stoff an sich. »Oh, Sam, ich würde dein Eigentum niemals vernachlässigen.«

Doch ich bin noch nicht fertig. Statt direkt ins Wasser zu gehen, schiebe ich langsam meine Boxershorts nach unten – bewusst gemächlich, genug, um den Moment in die Länge zu ziehen. Dann blicke ich Diana herausfordernd an und schleudere ihr die Boxershort mit einer schnellen Bewegung zu.

Reflexartig fängt sie es – nur um es sofort mit zwei Fingern von sich wegzuhalten, als wäre es verflucht. »Echt jetzt?!«, knurrt sie und funkelt mich an. »Was zur Hölle soll das?!«

Ich hebe eine Braue. »Ich dachte, du würdest gerne etwas haben, das dich an mich erinnert.«

Lysandra lacht laut. »Ich wusste ja, dass du provozierend bist, aber das ist selbst für dich dreist.«

Diana rollt mit den Augen, doch ich bemerke es – ihr Blick huscht unbewusst für einen Sekundenbruchteil nach unten. Sie will nicht hinsehen ... aber sie tut es doch. Und obwohl sie versucht, sich sofort wieder auf mein Gesicht zu konzentrieren, ist da dieses winzige Zucken in ihrem Ausdruck.

Ich grinse. Interessant.

»Weißt du was, Sam?«, sagt sie mit gespielter Gleichgültigkeit und schmeißt mir die Shorts zurück, als wären sie nichts weiter als ein Stück Abfall. »Verschon mich mit deinem Egospiel. Ich hab' schon genug nackte Männer gesehen, dein Anblick wird mich nicht umhauen.«

Ich fange die Boxershorts mit einem amüsierten Lächeln und schüttle leicht den Kopf. »Wie du meinst, Diana.«

Dann, weil ich es einfach nicht lassen kann, wackle ich provokant mit der Hüfte, sodass mein Schwanz sichtbar mitbewegt wird, während ich die Boxershorts in den Sand werfe. Ich sehe genau, wie Dianas Augen für den Bruchteil einer Sekunde nervös zucken, bevor sie sich abrupt abwendet.

»Vergiss es, Sam«, knurrt sie, dreht sich mit einem abrupten Ruck weg und marschiert den Strand entlang. Doch die Art, wie sie sich schnell abwendet, wie ihre Schultern leicht angespannt sind ... oh ja, sie hat definitiv hingesehen.

Lysandra kichert und lehnt sich grinsend an einen Felsen. »Sicher, sicher. Und deshalb hast du auch so genau hingesehen, nicht wahr?«

Diana schnauft und zieht ihr Messer ein Stück aus der Scheide. »Noch ein Wort und ich schneide ihn dir ab ...«

Lysandra lacht nur und macht eine beschwichtigende Geste. »Schon gut, schon gut. Ich sag ja nichts mehr.«

Ich drehe mich schmunzelnd um und schreite nackt ins kühle Wasser. Die Wellen umspülen meine Haut, und das Gefühl, vollkommen entblößt in der Natur zu stehen, ist auf eine seltsame Weise befreiend. Das Meer streift die letzten Reste Menschlichkeit von meiner Haut. Dann tauche ich ein, gleite in die Tiefe – und lasse alles andere hinter mir.

Als ich den Hafen erreiche, tauche ich leise auf und spähe hinter einem Felsen hervor. Dort entdecke ich sie: Eine Gruppe Wächter, bewaffnet und auf den Eingang des Tempels konzentriert. Ihre Haltung ist angespannt, ihre Augen wachsam.

»Das wird kompliziert,« murmle ich und gleite wieder unter Wasser. Mit einem klaren Plan kehre ich zu Lysandra und Diana zurück. Dies war nur der Anfang – und Leviathan wird nicht wissen, was ihn trifft.

Das Wasser um mich ist kühl und beruhigend, während ich zur Insel zurückschwamm. Noch immer staune ich über meine Fähigkeit, so lange unter Wasser zu bleiben. »Das wird Lysandra interessieren,« denke ich und grinse. Die Erkenntnis, dass ich mich immer mehr von einem Menschen zu einem Dämon entwickele, ist gleichermaßen faszinierend wie beängstigend – aber in erster Linie faszinierend.

Als ich das Ufer erreiche, ziehe ich mich mit einer geschmeidigen Bewegung an Land. Das Wasser läuft in dicken Tropfen über meine Haut, betont jede Linie meiner Muskeln, während der kühle Wind meine Haut prickeln lässt. Ich streiche mir das nasse Haar aus dem Gesicht und lasse mir bewusst Zeit, den Moment zu genießen.

Lysandra und Diana stehen nur wenige Schritte

entfernt. Beide beobachten mich – und mir entgeht nicht, wohin ihre Blicke immer wieder huschen.

Ich grinse innerlich, während ich näher trete, mein Gang locker, betont unbeeindruckt von meiner Nacktheit. Mein Schwanz hängt schwer und ungeniert zwischen meinen Beinen, schwingt mit jedem Schritt leicht mit. Ich bemerke, wie Diana hastig den Blick abwendet – doch nicht schnell genug.

»Ihr hattet recht,« sage ich mit einem zufriedenen Unterton, während ich mich vorbeuge, um meine Sachen aufzuheben. »Da sind Wächter. Und wisst ihr, was seltsam ist? Ich konnte unglaublich lange unter Wasser bleiben. Ich hätte stundenlang dort bleiben können.«

Diana verschränkt die Arme, ihre Miene angespannt. »Ich kann nicht glauben, dass du es tatsächlich geschafft hast,« sagt sie mit gespielter Gleichgültigkeit.

Ich grinse, bemerke, wie sie sich bemüht, mir nicht direkt auf den Körper zu schauen – und genau deshalb weiß ich, dass sie es bereits getan hat.

Lysandra hingegen macht sich nicht einmal die Mühe, subtil zu sein. Ihre Augen gleiten ungeniert über meinen Körper, ein lüsternes Funkeln in ihrem Blick.

»Ich habe es mir schon gedacht,« sagt sie ruhig, tritt näher zu mir und leckt sich unauffällig über ihre sinnigen Lippen.

Ich ziehe meine Boxershorts aus dem Sand, schüttle sie aus und ziehe sie langsam über meine Beine. Doch anstatt sie sofort zurechtzurücken, lasse ich meinen Schwanz heraushängen.

Lysandra beißt sich auf die Lippe, ihre Augen funkeln amüsiert. Diana hingegen schnaubt leise und rollt mit den Augen – doch mir entgeht nicht, dass sie unauffällig einen weiteren Blick darauf wirft.

Ich lasse mir Zeit, schließlich seufze ich gespielt und richte meine Boxershorts, bevor ich meine Hose überziehe und den Reißverschluss langsam hochziehe. Erst dann ziehe ich mein Hemd an und fahre mir mit einer lässigen Bewegung durchs nasse Haar.

»Was hast du dir gedacht, Lys?« frage ich beiläufig, während ich den Gürtel schließe.

Sie tritt noch einen Schritt näher, ihre Fingerspitzen streifen spielerisch über meinen Arm. Ihre Stimme ist sanft, aber eindringlich. »Nun, du bist schon fast mehr Dämon als Mensch, mein Lieber. Deine dämonischen Kräfte manifestieren sich in verschiedensten Formen. Und ich glaube, du wusstest noch nicht, dass wir Dämonen nicht atmen müssen, oder?«

Ich halte inne, ihre Worte hallen in meinem

Kopf wider. »Wie bitte? Nicht atmen? Ich atme doch, Lys,« sage ich und lache unsicher.

»Ja, das tust du,« antwortet sie mit einem Hauch von Belustigung. »Aber das ist nur noch ein Reflex. Dein Körper braucht den Sauerstoff nicht mehr. Deine Menschlichkeit hat diesen Teil schon lange hinter sich gelassen.«

Die Offenbarung lässt mich kurz innehalten. Meine Menschlichkeit verblasst? Ich lächele schließlich kalt, mein Inneres von einer dunklen Zufriedenheit durchzogen. »Interessant,« murmele ich, bevor ich zu Lysandra hinüberblicke. »Ich werde immer mehr Dämon. Das gefällt mir.«

Diana wirft uns einen skeptischen Blick zu. »Das könnte nützlich sein,« sagt sie. »Aber wir sollten uns auf die Wächter konzentrieren.«

Ich nicke, lasse das Thema erstmal hinter mir. »Ich schlage vor, wir gehen einfach zu ihnen hin und zeigen uns. Vielleicht können wir ja reden. Und wenn nicht ... nun, dann sprechen unsere Waffen.«

Diana schnaubt. »Reden? Mit Wächtern? Du bist wirklich optimistisch, Sam.«

Ich zucke die Schultern und grinse. »Ich bin sehr überzeugend.«

Mit diesen Worten führe ich die Gruppe an. Unsere

Schritte hinterlassen tiefe Spuren im Sand, während wir uns dem Hafen nähern. Die Wächter, gekleidet in dunkle Roben, stehen bereits in Position, ihre Waffen griffbereit.

»Seid gegrüßt,« rufe ich, als wir in Hörweite kommen, meine Stimme durchdrungen von einer selbstbewussten Autorität. »Wir sind hier, um über den Tempel zu sprechen.«

Einer der Wächter tritt vor, seine Haltung war angespannt, doch seine Stimme bleibt kontrolliert. »Wer seid ihr, die ihr es wagt, diesen Ort zu betreten?«

Ich neige leicht den Kopf und stelle uns vor. »Ich bin Sam, und das sind Lysandra und Diana. Wir sind hier, um Leviathan zu stoppen.«

Die Wächter tauschen kurze, bedeutungsvolle Blicke aus. Ihre Unsicherheit ist offensichtlich, doch ich lasse mir keine Schwäche anmerken.

»Wir wollen den Tempel nicht stören,« fahre ich fort, mein Tonfall ruhig, aber bestimmt. »Wir suchen nur Informationen, um Leviathan zu besiegen. Ihr wisst sicherlich, wie gefährlich er ist.«

Der Wächter, der bisher gesprochen hat, nickt langsam. »Das tun wir. Aber wir können nicht einfach jeden hereinlassen, der behauptet, Leviathan stoppen zu wollen. Wir haben geschworen die Welt vor ihm zu beschützen.«

Ich lasse mein charakteristisches, charmantes Lächeln aufblitzen. »Das verstehe ich. Aber ich bin nicht einfach irgendjemand. Ich habe bereits drei Prinzen der Hölle besiegt und ihre Seelen aufgenommen. Vertrauen ist vielleicht schwer zu verdienen, aber glaubt mir – ich bin nicht hier, um Probleme zu verursachen. Ich bin hier, um Leviathan ein Ende zu bereiten. Um euch von eurem Schwur zu befreien.«

Der Wächter mustert mich eindringlich, seine Augen suchen nach einer Lüge, nach einem Anzeichen von Täuschung. Schließlich tritt er einen Schritt zurück, seine Haltung wird etwas lockerer. »Ihr dürft passieren. Doch vergesst nicht: Wer den Tempel entweiht, wird dort unten sterben.«

»Gut«, erwidere ich kühl. »Ich plane nicht zu sterben. Ich plane, Geschichte zu schreiben!«

Lysandra legt eine Hand auf meinen Arm, ihr Griff ist fest, fast beruhigend. Diana nickt knapp, ihr Blick bleibt wachsam. Die Wächter lassen uns passieren, und ich spüre die Anspannung in der Luft, die wie ein Schatten über uns hängt.

KAPITEL 5:

GEHEIMNISSE DES TEMPELS

Wir gehen mit entspannten Schritten zwischen den verstaubten Kisten durch den Hafen. » Ihr habt Angst, ich weiß,« beginne ich. Mein Ton ist ruhig, doch in jeder Silbe liegt Selbstbewusstsein.»Aber wenn ich Leviathan besiegen soll, muss ich ihn beschwören.«

Die Wächter tauschen flüsternde, misstrauische Blicke aus, ihre Haltung bleibt angespannt, als ob allein unsere Anwesenheit bereits eine Blasphemie wäre. Schließlich tritt einer von ihnen nach vorne, sein Blick hart wie gemeißelter Stein. Seine Stimme trägt die Last von Jahrhunderten, die Schwere eines uralten Eides.

»Leviathan ist nicht einfach nur eine Gefahr. Er ist der Verderber, der Verschlinger der Seelen. Wir haben geschworen, ihn auf ewig von dieser Welt fernzuhalten – selbst wenn es unser Leben kostet.«

Ich bleibe stehen, lasse meinen Blick über die Wächter gleiten und schenke dem Sprecher ein überlegenes Lächeln. »Euer Eid ist bewundernswert, aber er wird euch nichts nützen, wenn Leviathan eines Tages dennoch zurückkehrt. Ich bin nicht hier, um zu spielen. Ich bin hier, um ihn zu vernichten.«

Lysandra tritt an meine Seite, ihre Präsenz ruhig, aber fest. »Wir verstehen eure Bedenken. Doch Leviathan ist bereits ein Riss in dieser Welt. Ihr wollt verhindern, dass er jemals wieder beschworen wird – wir wollen ihn endgültig auslöschen. Wir haben dasselbe Ziel.«

Diana, die bislang im Schatten gestanden hat, verschränkt die Arme und nickt. »Ihr müsst verstehen: Leviathan wird niemals wirklich verschwunden sein, solange seine Essenz noch irgendwo existiert. Er wird immer einen Weg finden, zurückzukehren. Sam hat schon Dinge getan, die niemand für möglich gehalten hätte. Er kann ihn ein für alle Mal auslöschen.«

Die Wächter beraten sich flüsternd, während ich geduldig warte, meine Haltung lauernd, meine Geduld jedoch nicht unendlich. Mein Blick bleibt auf den Anführer gerichtet, ein Mann mit stechenden

Augen und einer Narbe, die wie ein Mahnmal über seine Wange verläuft. Schließlich hebt er den Kopf und tritt vor.

»Du verstehst nicht, was auf dem Spiel steht. Wir sind keine einfachen Wächter – wir sind der letzte Wall zwischen Leviathan und dieser Welt. Unser Eid ist nicht nur ein Schwur, sondern eine Bürde, die von Generation zu Generation weitergetragen wurde. Sollte er jemals zurückkehren, würde die Erde fallen. Und wenn du scheiterst, könnte das, was du entfesselst, schlimmer sein als alles, was du dir vorstellen kannst.«

Ich trete näher, meine Stimme ein gefährliches Knurren. »Ich scheitere nicht. Leviathan ist nicht nur eure Last – er ist eine Bedrohung für alles. Ich bin hier, um ihn zu zerstören, nicht, um ihn an diesen Ort zu binden.«

Ein jüngerer Wächter, dessen Zweifel offensichtlich schwer auf ihm lasten, tritt hervor. »Warum sollten wir dir glauben? Du bist ein Fremder. Und deine eigene Macht ist nicht weniger beunruhigend als die Leviathans.«

Ich halte seinem Blick stand, mein Lächeln kalt wie geschmiedeter Stahl. »Vielleicht bin ich ein Fremder für euch. Aber ihr wisst genauso gut wie ich, dass Leviathan nicht ewig hier eingeschlossen bleiben wird. Irgendwann wird jemand kommen, der ihn entfesselt – und dann wird eure heilige Pflicht euch nichts nützen. Ihr braucht mich. Ob ihr es wollt oder nicht.«

Die Wächter tauschen lange Blicke, die Anspannung zwischen ihnen ist greifbar. Dann nickt der Anführer schließlich langsam.

»Wir werden euch helfen – aber nicht ohne Bedingungen. Unser Schwur bleibt bestehen. Sollte dein Ritual scheitern, sollte Leviathan entfesselt werden, solltest du selbst eine Gefahr für dieses Heiligtum werden... dann werden wir dich vernichten.«

Ich lasse ein schiefes Lächeln aufblitzen. »Einverstanden. Aber glaubt mir – wenn ich scheitere, wird es keinen mehr geben, der mich vernichten könnte.«

Die drei Wächter führen uns durch den Hafen, ihr Auftreten geprägt von der kühlen Effizienz erfahrener Kämpfer. Der Anführer, ein hochgewachsener Mann mit einer markanten Narbe, bleibt ein paar Schritte vor uns stehen und mustert mich mit scharfem Blick.

Seine Stimme ist fest, durchdrungen von Autorität. »Ich bin Thalos. Ich führe die Wächter dieses Tempels an.«

Ich lasse meinen Blick abschätzend über ihn gleiten, dann über die beiden Männer an seiner

Seite. Der eine, ein hagerer, ruhiger Typ mit durchdringenden Augen, nickt mir kurz zu.

»Eridon«, stellt er sich knapp vor. Seine Stimme ist ruhig, fast distanziert, als würde er mich bereits analysieren.

Der dritte, ein jüngerer, aber nicht weniger disziplinierter Mann, lockert kurz die Finger an seiner Waffe, bevor er mit einem Hauch von Wachsamkeit sagt: »Und ich bin Calyx. Ich sorge dafür, dass wir nicht überrascht werden.« Seine Augen schweifen ruhelos über die Umgebung, als erwarte er jeden Moment einen Angriff.

Ich lasse mir einen Moment Zeit, um ihre Namen und ihr Auftreten zu verinnerlichen, bevor ich mit einem schiefen Lächeln sage: »Thalos, Eridon und Calyx, hm? Klingt wie ein Trio, das man besser nicht unterschätzt.«

Thalos nickt knapp, seine Narbe zuckt leicht, als er spricht. »Wir sind hier, um sicherzustellen, dass alles nach Plan läuft, Sam.«

Ich grinse spöttisch. »Wunderbar. Ich liebe es, wenn ein Plan funktioniert.«

Das U-Boot, ein robustes, aber in die Jahre gekommenes Gefährt, liegt wartend im Hafen. Der Innenraum ist eng und drückend, aber ich verliere kein Wort darüber, als wir einsteigen. Während wir unsere Plätze einnehmen, murmele ich trocken:

»Gemütlich ist anders.«

Das U-Boot setzt sich in Bewegung und taucht langsam in die tiefen, unergründlichen Gewässer des Ozeans. Die Lichter werden von der Dunkelheit verschluckt, während leuchtende Algen und bizarre Kreaturen die Umgebung in ein gespenstisches Licht tauchen.

Ich lehne mich vor und starre durch das Bullauge. »Faszinierend,« sage ich, beeindruckt von der fremden Schönheit der Unterwasserwelt. »Das ist wie eine andere Welt.«

Diana, normalerweise gefasst, wirkt plötzlich ehrfürchtig. »Ich hätte nie gedacht, dass ich so etwas sehen würde.«

Calyx murmelt leise: »Das Meer birgt viele Geheimnisse. Und der Tempel ist eines der dunkelsten.«

Plötzlich erklingt Thalos Stimme, ruhig, aber voller Anspannung. »Wir nähern uns dem Tempel.«

Ich richte mich auf. »Gut.«

Lysandra legt ihre Hand beruhigend auf meine. »Gemeinsam, Sam. Wir machen das gemeinsam.«

Ich nicke, meine Entschlossenheit stählern. Als das U-Boot seine Fahrt verlangsamt, taucht der Tempel vor uns auf. Ein massives, finsteres Bauwerk, das sich aus den Tiefen erhebt, umgeben von leuchtenden Algen und schattenhaften Silhouetten.

»Lasst uns sehen, was Leviathan für uns bereithält.« Mit festem Schritt steige ich aus dem U-Boot, gefolgt von Lysandra, Diana und den Wächtern. Vor uns liegen die dunklen, unheilvollen Hallen des Tempels – und die unausweichliche Konfrontation mit Leviathan.

Als wir den Tempel betreten, umfängt uns eine unheimliche Stille, nur unterbrochen vom Tropfen von Wasser, das irgendwo in den Schatten widerhallt. Meine Schritte hallen leise auf dem kalten, steinernen Boden, während ich mich umsehe. Die massiven Wände, bedeckt mit alten Runen und Symbolen, schimmern im fahlen Licht der Algen draußen – ein geisterhaftes Leuchten, das etwas Tiefgründiges und Dunkles ausstrahlt.

Ein Hauch von Neugier mischt sich mit einem Anflug von Ehrfurcht in meiner Stimme. »Dieser Ort atmet Geschichte – aber sie stinkt nach Tod.«

Lysandra tritt neben mich, ihre Augen wandern über die kryptischen Zeichen. »Es ist fast so, als ob die Wände selbst Geschichten flüstern könnten,« murmelt sie leise, fast ehrfürchtig.

Diana bleibt angespannt, ihre Haltung ist wachsam, ihre Augen durchkämmen die Umgebung. »Wir müssen vorsichtig sein. Der Tempel könnte voller Fallen und Gefahren stecken.«

Ich lächle kühl, ein Funke von Amüsement flackert in meinen Augen. »Fallen? Hört sich für mich nach Unterhaltung an.«

Unsere Schritte hallen in den riesigen Hallen, während wir uns langsam durch den äußeren Bereich des Tempels bewegen. Jeder Winkel scheint ein Geheimnis zu bergen, das nur darauf wartet, entdeckt zu werden. Die Luft ist schwer und feucht, der Geruch von Salz und Algen erinnert daran, dass wir tief unter der Oberfläche des Ozeans sind.

»Dieser Ort ist wie ein Labyrinth,« sage ich, mein Blick wandert über die verschlungenen Gänge. »Jeder führt in einen anderen.«

Je tiefer wir vordringen, desto stärker spüre ich die alte Macht, die den Tempel durchzieht. Es ist, als ob der Tempel lebt – ein stiller Beobachter, der jeden unserer Schritte mitverfolgt. Ein düsteres Lächeln breitet sich auf meinem Gesicht aus, die Spannung lässt meine Vorfreude wachsen.

»Wir nähern uns dem Herzen des Tempels,« sagt Thalos, während ein Kribbeln durch meinen Körper läuft.

Tief im Inneren entdecken wir Wände, bedeckt mit Runen und Symbolen, die von einer finsteren Geschichte erzählen. Jedes Zeichen strahlt eine uralte Energie aus, die den Raum fast zum Vibrieren bringt.

»Diese Symbole«, sage ich und streiche über eine besonders große Rune. »Sie sind eine Ode an Leviathan. Eine Huldigung seiner Macht.«

Diana mustert die Zeichen kritisch, ihre Stimme ist ruhig, aber angespannt. »Es sieht aus, als wäre dieser Tempel wirklich ein Ort der Anbetung gewesen. Könnte wirklich der Ort sein, an dem Leviathan einst beschworen wurde.«

Schließlich erreichen wir einen Raum, der sich von allen anderen unterscheidet. Das Herz des Temples. Es ist riesig, die Wände gewölbt und mit noch komplexeren Runen verziert, die im fahlen Licht der Fackel flackern. In der Mitte thront ein massiver Altar, bedeckt mit Symbolen, die in die schwarze Oberfläche gemeißelt sind.

Ich trete näher, meine Augen gleiten über die seltsamen Muster. »Das ist es,« sage ich, fast ehrfürchtig. »Hier wurde Leviathan beschworen. Man kann es in der Luft spüren – die Energie ist immer noch da, nach all diesen Jahrhunderten.«

Lysandra bleibt dicht bei mir, ihre Stimme ist leise, fast ein Flüstern. »Es ist, als würde etwas in den Wänden schlafen. Und gleich aufwachen.«

Ich lege eine Hand auf den Altar, die kalte Oberfläche sendet ein Kribbeln durch meine Finger. »Unheimlich, ja. Aber auch faszinierend. Stellt euch vor, welche Macht von diesem Ort ausging – und immer noch ausgeht.«

Diana bleibt auf Abstand, ihre Haltung bleibt angespannt, die Waffen fest in ihren Händen. »Wir sollten vorsichtig sein. Wir wissen nicht, was hier lauert ...«

Ich drehe mich halb zu ihr um, mein Lächeln bleibt unerschütterlich. »Keine Sorge, Diana. Ich bin bereit für alles, was dieser Tempel zu bieten hat. Aber ich spüre keine Präsenz.«

Mit dem Altar vor uns fühlen wir uns dem Geheimnis Leviathans näher als je zuvor. Doch die Energie des Ortes ist beunruhigend, eine ständige Erinnerung an die Rituale und die dunklen Mächte, die hier einst gewirkt haben. Mein Ehrgeiz wächst, mein Verlangen, diese Macht für mich zu beanspruchen, wird immer stärker.

Ich blicke zu Lysandra und Diana, meine Stimme ruhig, aber bestimmt. »Leviathan wird erfahren, dass ich nicht nur ein weiterer Gegner bin. Was hier lauert, ist alt. Und gierig. Es will geprüft werden. Verschlungen. Und ich? Ich bin bereit. Ich nehme es. Alles!«

KAPITEL 6:

DIE OFFENBARUNG DES ALTARS

Am Fuße des mächtigen Altars stehe ich, umgeben von uralten Symbolen und der schweigenden Macht des Tempels. Die Luft ist schwer, durchtränkt mit der Essenz vergangener Rituale. Jede Rune, jedes Symbol scheint eine uralte Geschichte zu erzählen, und die Macht, die von ihnen ausgeht, ist beinahe greifbar.

»Hier,« sage ich und deute auf die komplexen Zeichen, die in den kalten Stein des Altars gemeißelt sind. »Diese Runen ... sie haben eine tiefere Bedeutung. Sie sind der Schlüssel, um Leviathan zu binden.«

Lysandra tritt neben mich, ihr Blick wandert

über die Symbole. Ihre Stimme ist leise, fast ehrfürchtig. »Es wirkt, als würden sie ein magisches Gefängnis bilden. Eine Barriere, um ihn in Schach zu halten.«

Thalos nähert sich uns, seine Haltung ist angespannt. »Ihr habt Recht,« sagt er, seine Stimme ernst. »Diese Runen wurden geschaffen, um Leviathan nach seiner Beschwörung zu binden. Doch um ihn zu rufen, braucht es ein Opfer.«

Meine Augenbrauen heben sich, während ein spitzbübisches Lächeln meine Lippen umspielt. »Ein Opfer ... Macht war noch nie für lau. Und das ist auch gut so.«

Diana verschränkt die Arme, ihre Augen bohren sich in Thalos. »Ein Opfer? Was genau bedeutet das?«

Thalos deutet auf die Runen, sein Ton bleibt nüchtern. »Ein rituelles Opfer war nötig, um Leviathan aus den Tiefen zu locken. Ohne die Runen wäre er frei, zu tun, was ihm beliebt. Sie sind die einzige Kontrolle über ihn.«

Ich lehne mich lässig an den Altar, meine Finger spielen mit den eingravierten Symbolen. »Ein gefährliches Spiel, keine Frage. Aber eines, das ich nur zu gerne spiele. Ich werde Leviathan beschwören, ihn mit diesen Runen binden – und dann werde ich seine Seele für mich beanspruchen.«

Wir machen uns daran, den Altar und die umliegenden Heiligtümer zu untersuchen. Jedes Detail wird genau betrachtet, jede Rune, jede Gravur. Die Macht des Ortes ist überwältigend, und doch erfüllt sie mich mit einem Gefühl von Kontrolle. Ich bin nicht hier, um zu scheitern.

»Dies wird ein Kampf wie kein anderer,« sage ich, während mein Blick auf den zentralen Runenkreis des Altars fällt.

Diana steht am Rand des Altars, ihr Blick wandert unruhig durch den Raum. »Dieser Ort ... die Macht, die er innehat. Es ist beängstigend, Sam. Wir sollten vorsichtig sein.«

Ich drehe mich zu ihr, ein spöttisches Lächeln umspielt meine Lippen. »Diana, Liebes, ich verstehe deine Sorge. Aber ich weiß, wie man mit Macht umgeht.«

Ihre Augen verengen sich, ihre Stimme ist fest. »Es geht nicht nur um die Macht, Sam. Es geht um das, was sie mit dir machen könnte. Diese Rituale könnten Konsequenzen haben, die wir nicht abschätzen können.«

Lysandra, die sich immer noch über eine der Inschriften beugt, nickt zustimmend. »Sie hat recht. Dieser Tempel ist kein gewöhnlicher Ort. Die Energie hier ist ... überwältigend. Fast unkontrollierbar.«

Ich lasse meine Hand über die Runen gleiten,

mein Ton bleibt kalt. »Ich bin schon mit schlimmeren Dingen fertiggeworden. Außerdem, wer sagt, dass ein wenig mehr Macht schaden könnte?«

Die Stille des Raumes scheint unsere Worte zu verschlucken, während ich erneut den Altar betrachte. Die Macht ist da, bereit, von mir geformt zu werden. Leviathan wird bald lernen, dass ich nicht nur ein Gegner bin – ich bin die Verkörperung seines Untergangs.

Eine Höhle öffnet sich hinter dem Altar – und Wasser, so schwarz wie Öl, liegt träge dahinter. Nur eine pulsierende, schimmernde Barriere hält die Flut zurück, wie ein unsichtbarer Damm gegen das Vergessen. Das Licht der Runen wirft gespenstische Reflexionen auf die Oberfläche.

»Beeindruckend,« rufe ich und deute auf die funkelnde Barriere. »Eine magische Konstruktion, die das Wasser zurückhält. Wer auch immer diesen Tempel erbaut hat, wusste, was er tat.«

Lysandra tritt vorsichtig neben mich, ihre Augen sind wachsam. »Ich spüre etwas. Eine dunkle Präsenz, die sowohl vom Altar als auch von dieser Höhle ausgeht.«

Ohne zu zögern strecke ich meine Hand aus und berühre die schimmernde Barriere. Ein kühler Schauer durchzieht mich, als meine Finger hindurchgleiten und das kalte Wasser dahinter berühren. »Interessant,« murmle ich, während ich meine Hand tiefer ins Wasser eintauche. »Die Barriere hält das Wasser zurück, aber sie lässt uns hindurch. Clever.«

Lysandra beobachtet mich, ihre Stirn in Falten gelegt. »Es ist seltsam. Fast, als ob die Barriere nur das Wasser betrifft. Vielleicht ist sie dazu da, etwas einzusperren ... oder uns fernzuhalten.«

Diana nickt, ihre Stimme ist angespannt. »Oder sie verhindert, dass etwas von dort entkommt.«

Ich ziehe meine Hand zurück, das Wasser perlt kühl von meinen Fingern. Ein schiefes Grinsen breitet sich auf meinem Gesicht aus, während ich mich abwende. »Lys, wir brauchen mehr Ressourcen. Es ist Zeit, ein permanentes Höllenportal zu unserer Festung zu öffnen. Wir werden all die Feuerkraft mitnehmen, die wir kriegen können.«

Lysandra nickt entschlossen. »Du hast recht. Wenn wir Leviathan gegenübertreten, müssen wir bereit sein.«

Ich spreche die alten Worte, aber diesmal ... langsamer. Mit Absicht. Ich will, dass sie es spüren. Die Luft wird dick wie Blut, das Licht stirbt langsam, während sich das Portal auftut – kein Riss, kein Spalt. Ein Eingang. Ein Anspruch. Ich wende mich an Diana, deren Gesicht von einer Mischung aus

Überraschung und Misstrauen gezeichnet ist. »Das dort, meine Liebe, ist unser Zuhause. Einst gehörte es Asmodeus, doch jetzt bin ich der Herrscher dieses Gebietes der Hölle. Die Dämonen dort dienen mir. Das ist der Vorteil, wenn man die Seelen von Höllenfürsten absorbiert. Es kommt mit gewissen ... Privilegien.«

Diana starrt mich ungläubig an, während Lysandra ruhig bleibt, fast schon stolz. »Du bist der Herrscher über ein Gebiet der Hölle?« Sie lacht trocken, fast ungläubig. »Natürlich bist du das. Und ich wette, dein Thronsaal ist größer als dein Ego.«

Ich lächle breit. »Genau. Wenn du jetzt schon beeindruckt bist, warte, bis du den Rest siehst.«

Ohne zu zögern trete ich durch das Portal, die vertraute Dunkelheit der Hölle umfängt mich wie ein alter Mantel. Die prächtige Halle unserer Festung erhebt sich vor mir, mit ihren hohen, gotischen Bögen und dem Glanz dämonischer Kunstwerke. Die Schatten flackern, als ich eintrete. Die Hallen meiner Festung empfangen mich wie ein atmendes Wesen – gotisch, dunkel, gewaltig. Meine Diener knien, ohne dass ich etwas sagen muss. Ich drehe mich nicht um, weil ich weiß, dass sie mir folgen.

KAPITEL 7:

PLÄNESCHMIEDEN IN DER HÖLLE

Diana und Lysandra treten kurz nach mir durch das Portal. Diana bleibt stehen, ihre Augen weiten sich, als sie die gewaltige Pracht der Festung erblickt. Ihre Schritte sind langsam, vorsichtig, als ob sie nicht sicher wäre, ob sie das Gesehene für real halten soll.

»Willkommen in meinem Reich,« verkünde ich, während mein Blick über die Schattenfluchten meines Thronsaals gleitet. »Jeder Stein hier flüstert meinen Namen!«

Lysandra lächelt leicht, ihre Stimme ruhig und stolz. »Dies ist unser Zuhause. Wir haben es nach Asmodeus Fall zu unserem Reich gemacht. Es ist ein Ort der Macht – und der Möglichkeiten.«

Diana dreht sich zu ihr, ihr Blick eine Mischung aus Bewunderung und Skepsis. »Das hier ... das ist mehr als nur Macht. Es ist ein Monument. Ich wusste nicht, dass ihr solche Götter geworden seid.«

Ich trete vor, mein Ton selbstbewusst. »Es gibt vieles, was du über uns nicht weißt, Diana. Aber jetzt bist du Teil unseres Plans, Leviathan zu stoppen. Willkommen in unserer Welt.«

Die Thronhalle, in der wir stehen, ist das Herzstück meiner Festung. Ihre hohen, gewölbten Decken scheinen in die Dunkelheit zu reichen, während finstere Statuen und flammende Fackeln die düstere Eleganz des Raumes hervorheben. Schatten tanzen auf den schwarzen Marmorböden, als ob die Hölle selbst ihre Anwesenheit spüren lässt.

Diana geht langsam durch die Halle, ihre Finger streifen eine der verzierten Säulen. »Das ... das ist unglaublich,« murmelt sie, ihre Augen nehmen jedes Detail auf. »Ich hätte nie gedacht, dass so etwas existiert.«

Ich breite die Arme aus, ein stolzes Lächeln auf meinem Gesicht. »Es existiert und gehört jetzt mir – und das Beste daran: Sie ist nur der Anfang.«

Lysandra tritt neben Diana, ihre Stimme ist ruhig, doch voller Autorität. »Es ist nicht nur ein Ort der Macht. Es ist unser Zufluchtsort, unser Werkzeug – und unsere Waffe. Alles, was wir brauchen, beginnt hier.«

Diana bleibt stehen, ihre Augen wandern zu den gotischen Bögen über ihr und den feurigen Lichtquellen, die den Raum erhellen. »Es fühlt sich an wie eine andere Welt,« sagt sie leise, fast ehrfürchtig. »Die Macht, die in der Luft liegt ... sie ist überwältigend.«

Ich nicke zufrieden, mein Blick ruht auf ihr. »Es ist eine andere Welt. Das hier ist die Hölle, Diana. Sie mag finster sein, aber sie hat ihre Reize. Und hier unten kann man wirklich etwas bewegen.«

Sie dreht sich zu mir um, ihr Gesicht zeigt eine Mischung aus Staunen und Ernst. »Ich beginne zu verstehen, warum ihr so zuversichtlich seid. Mit so einem Ort im Rücken scheint alles möglich.«

Ein breites Grinsen breitet sich auf meinem Gesicht aus. »Genau das,« sage ich und mache eine einladende Geste. »Komm. Ich werde dir zeigen, was diese Festung noch zu bieten hat.«

Mit Lysandra an meiner Seite führe ich Diana durch die verschiedenen Räume der Festung. Jeder Ort scheint in dunkler Magie zu pulsieren, voller Artefakte und Relikte, die von Macht und Geschichte zeugen. In der Bibliothek blättert Diana wir kurz durch alte Schriften, die das Wissen von Jahrhunderten enthalten – Texte, die sowohl faszinierend als auch gefährlich wirken.

Schließlich erreichen wir den Trainingsraum, dessen massive Türen ich mit einem kräftigen Stoß öffne. Die Wände sind bedeckt mit Waffen, die von einfachen Schwertern bis hin zu exotischen Klingen reichen. In der Mitte erstreckt sich ein Übungsplatz, flankiert von mechanischen Gegnern und anderen Trainingsgeräten.

»Das ist unser Trainingsraum,« erkläre ich, meine Stimme hallt in dem großen Raum wider. »Hier bereiten wir uns auf die schwierigsten Herausforderungen vor.«

Diana tritt ein, ihre Augen leuchten, als sie die Vielfalt der Waffen und die Größe des Raumes erfasst. »Das ist beeindruckend. Hier kann ich wirklich trainieren und mich auf Leviathan vorbereiten.«

Lysandra nickt, ihr Tonfall ist warm, aber bestimmt. »Genau das ist sein Zweck. Wir schärfen hier nicht nur unsere Fähigkeiten, sondern auch unsere Gedanken. Jeder Kampf beginnt in der Vorbereitung.«

Diana greift nach einem der Schwerter, eine elegante, scharf geschliffene Klinge, und schwingt sie mit präzisen Bewegungen durch die Luft. Ihr Gesicht zeigt einen Ausdruck der Konzentration und Entschlossenheit. »Das fühlt sich gut an. Ich werde trainieren, bis ich bereit bin, Leviathan gegenüberzutreten.«

Ich lehne mich an die Tür, mein Lächeln ist selbstsicher, fast spöttisch. »Mach das, Diana. Hier hast du alles, was du brauchst, um die Beste zu werden. Aber vergiss nicht – Leviathan ist nicht nur ein Feind. Er ist eine Prüfung. Und Prüfungen bestehen wir nicht mit bloßer Vorbereitung, sondern mit Entschlossenheit und Willen.«

Diana wirft mir einen langen Blick zu, bevor sie das Schwert zurück in seinen Halter steckt. »Ich bin entschlossen, Sam. Ich werde bereit sein.«

»Das will ich hören,« sage ich und richte mich auf. »Lys, bereite alles für unser nächstes Ritual vor. Leviathan wartet nicht, und ich habe nicht vor, ihn warten zu lassen.«

Lysandra nickt und verlässt den Raum, während ich Diana einen Moment beobachte. Ihre Entschlossenheit ist spürbar, doch in ihrem Blick liegt auch eine Spur von Sorge – und vielleicht Zweifel. Ich weiß, dass sie sich fragen muss, ob sie sich in einen Kampf eingelassen hat, der zu groß für sie ist.

Ich wende mich ab, mein Lächeln breiter denn je. »Das Spiel beginnt bald, Diana. Und ich bin nicht nur ein Spieler. Ich bin derjenige, der die Regeln macht. Wir lassen dich allein, damit du dich konzentrieren kannst, wenn du einen Sparringspartner brauchst, holt dir meine Dämonendiener ... aber vernichte nicht zu viele von ihnen bitte.« sage ich und nicke Diana zu. Meine Stimme ist ruhig, aber bestimmt. »Lys und ich werden bald zurück sein.«

Diana nickt knapp, ihre Augen bereits wieder auf die Waffen gerichtet, die vor ihr liegen. Ihre Entschlossenheit ist spürbar – fast greifbar. Ich kann nicht anders, als ihre Hingabe zu schätzen. Während Lysandra und ich den Trainingsraum verlassen, wirft sie noch einen letzten, prüfenden Blick auf eine Klinge, bevor sie sie hebt und schwingt.

»Sie scheint wirklich entschlossen zu sein, Leviathan zu bezwingen,« bemerkt Lysandra, als wir durch die Flure der Festung schreiten. Das Echo unserer Schritte hallt von den steinernen Wänden wider.

»Ich mag ihre Einstellung,« antworte ich mit einem leichten Lächeln. »Sie hat das Feuer, das wir brauchen. Sie wird eine wertvolle Verbündete sein – wenn sie nicht an ihrer eigenen Gerechtigkeit scheitert.«

Im Thronsaal angekommen, lasse ich mich in den massiven, schwarzen Thron sinken, der einst Asmodeus gehörte. Die dunkle Energie des Raumes erfüllt die Luft, und die Schatten scheinen bei jedem Flackern der Fackeln zu tanzen. Lysandra steht an meiner Seite, ihre Haltung elegant und selbstbewusst. Sie gehört in diese düstere Pracht, genauso wie ich.

»Also, Lys,« beginne ich und lehne mich zurück, meine Finger gleiten über die mit Runen verzierte Armlehne des Thrones. »Wir brauchen einen Plan, der sitzt. Einfach in den Tempel zu marschieren und Leviathan zu beschwören reicht nicht. Das muss perfekt sein.«

Lysandra nickt langsam, ihre Augen funkeln im schwachen Licht. »Ich habe die Runen eingehend studiert. Sie sind der Schlüssel. Wenn wir sie während des Rituals korrekt aktivieren, können sie Leviathan binden und seine Macht einschränken.«

Ein Lächeln spielt um meine Lippen. »Ich liebe es, wenn du über Runen sprichst, Lys. Du machst sogar die düstersten magischen Konstrukte verführerisch. Also, wie genau funktionieren sie?«

Sie setzt sich auf die Armlehne des Thrones und wendet sich mir zu. »Die Runen bilden ein magisches Netz. Sobald sie aktiviert sind, greifen sie nach Leviathans Energie und fesseln ihn. Aber es ist keine einfache Aufgabe. Wir müssen sie in der richtigen Reihenfolge aktivieren und gleichzeitig das Ritual durchführen.«

Ich lehne mich vor, meine Augen funkeln vor Vorfreude. »Ein Netz, das einen Höllenfürsten binden kann. Klingt perfekt. Was brauchen wir, um es zu aktivieren?«

Lysandra zögert einen Moment, bevor sie antwortet. »Ein Opfer. Etwas Mächtiges, das Leviathan aus den Tiefen lockt. Aber das Ritual ist gefährlich, Sam. Jede Abweichung, jeder Fehler könnte uns alle vernichten.«

Ich stehe auf, mein Lächeln selbstsicher. »Gefahr ist ein Teil des Spiels, Lys. Und ich bin bereit, dieses Risiko einzugehen. Leviathan wird nicht nur gebunden – er wird meine Beute. Seine Seele wird meine Macht verstärken, und niemand wird mich aufhalten können.«

Lysandra erhebt sich ebenfalls, ihre Augen durchdringen mich. »Ich werde an deiner Seite sein, Sam. Wir machen das zusammen. Ich werde die Runen aktivieren und sicherstellen, dass alles reibungslos verläuft.«

Ich ziehe sie in eine feste Umarmung, meine Stimme ist leise, aber voller Überzeugung. »Das ist, warum ich dich liebe, Lys. Du bist immer da, bereit, mich zu unterstützen, egal, wie hoch der Einsatz ist.«

Sie schmiegt sich an mich, ihre Hände ruhen

auf meiner Brust. »Und ich werde dich niemals allein lassen, Sam. Aber du musst mir versprechen, vorsichtig zu sein. Leviathan ist kein gewöhnlicher Feind.«

Ich küsse sie sanft auf die Stirn, meine Stimme ist ein dunkles Flüstern. »Ich bin nie vorsichtig, Lys. Aber ich verspreche dir, dass wir gewinnen werden. Leviathan wird fallen – und ich werde über ihn triumphieren.«

Die massiven Türen des Thronsaals fliegen mit einem donnernden Knall auf, und meine Diener stürmen herein, einen schwerfälligen Dämon vor sich herschiebend. Seine massige Gestalt wird von zehn meiner Untergebenen in Schach gehalten, doch selbst so wirkt er wie eine ungezähmte Naturgewalt. Scharfe Hörner ragen aus seiner Stirn, und seine tiefrote, feucht glänzende Haut reflektiert das flackernde Licht der Fackeln, das die Schatten in meinem Thronsaal tanzen lässt.

Trotz seiner beeindruckenden Statur knurrt er nur leise, seine Haltung angespannt, aber nicht unterwürfig. Seine Augen flackern unsicher, während er gezwungen wird, vor meinen Thron zu knien. Ich lasse meinen Blick langsam über ihn gleiten, analysiere jede Linie seiner mächtigen Gestalt, jede Spannung in seinen Muskeln. Schließlich heften sich meine Augen an seine. Da ist keine Angst, kein Schuldgeständnis – nur Trotz, gepaart mit einem schwachen Funken Sturheit. Nutzlos, denke ich. Zumindest auf den ersten Blick.

Einer meiner Diener tritt vor, sein Kopf tief gesenkt. »Meister«, beginnt er ehrfurchtsvoll, »wir haben diesen Dämon am Rande eures Reiches aufgegriffen. Er schlich herum, beobachtete die Verteidigungsanlagen und spionierte die Festung aus.«

Ich lehne mich leicht nach vorne, mein Interesse geweckt. »Weiter«, sage ich, meine Stimme ruhig, aber mit einer Kante, die jeden zur Vorsicht mahnt.

»Er scheint einer von Leviathans Anhängern zu sein«, fährt der Diener fort, seine Stimme mit einem Hauch von Besorgnis durchzogen. »Seine Bewegungen, sein Verhalten – alles deutet darauf hin, dass er ein Spion ist. Möglicherweise wollte er eure Position und eure Schwächen verraten.«

Ich wende meine Aufmerksamkeit wieder dem Dämon zu. »Ein Spion von Leviathan«, wiederhole ich langsam, das Gewicht der Worte sorgfältig betonend. »Wie interessant.«

Der Dämon hebt seinen Kopf, seine gelben Augen glühen vor Zorn und Trotz. »Ja, ich diene Leviathan!« knurrt er schließlich, seine Stimme ein tiefes Grollen, das durch den Thronsaal hallt. »Ihr werdet es bereuen, euch gegen ihn gestellt zu haben. Eure Festung, eure Macht – nichts davon ist sicher!«

Ein kaltes, beinahe amüsiertes Lächeln spielt um meine Lippen. »Bereuen?« murmle ich, fast mehr zu mir selbst als zu ihm. »Das werden wir ja sehen.«

»Was weißt du über Leviathan?« Meine Stimme hallt durch den Raum, schneidend und ungeduldig.

Der Dämon spuckt auf den Boden, sein Knurren wird lauter. »Nichts, was dich zu interessieren hat, Sterblicher.«

Ich grinse in mich hinein, stehe langsam auf und bewege mich auf ihn zu. Als ich vor ihm stehe murmle ich »Nutzloses Vieh!«

Ein harter Schlag von mir trifft sein Gesicht. Sein Kopf fliegt zur Seite, und ich sehe mit Befriedigung, wie ein Blutschwall aus seiner Wange pulsiert.

Neben mir tritt Lysandra vor, ihre Bewegungen geschmeidig wie eine Raubkatze, bereit, sich auf ihre Beute zu stürzen. Ihre Augen funkeln im düsteren Licht, und das Lächeln, das sich auf ihren Lippen abzeichnet, ist reine, unbarmherzige Lust.

»Sam, darf ich ihn töten?«

Ihre Stimme ist ein sinnliches Versprechen,

doch darin liegt auch etwas anderes – ein dunkler Hunger. Ich kann spüren, dass es sie erregt, nicht nur sein Leben zu nehmen, sondern ihn vollständig zu besitzen.

Ich lasse mir Zeit, genieße den Moment, in dem der Dämon sie verwirrt, aber fasziniert anstarrt. Ein Lächeln breitet sich auf meinem Gesicht aus und gehe zurück zu meinem Thron. »Viel Spaß mit ihm.«

Lysandra tritt an den Dämon heran, schmiegt sich an ihn, ihre Hände gleiten langsam über seine muskulöse Brust. Ihr Blick ist hypnotisch, zieht ihn in einen Strudel aus Lust und Unterwerfung. Der Dämon, der noch vor Sekunden knurrte, verstummt. Seine Augen weiten sich, als ihr Körper ihn umschließt, ihn mit süßer Wärme und sündhafter Verheißung fesselt.

»Du wirst mir gehören,« haucht sie, während ihre Finger seinen Lendenschurz packen, ihn mit einem geschickten Ruck von ihm reißen und seinen Schwanz freilegt. Gewaltig, heiß, durchzogen von glühenden Adern, die in einem tiefen Rot pulsierend. Die gezackte Eichel zuckt leicht, sein Körper sendet unmissverständliche Signale. Doch er kämpft noch, ringt mit sich selbst, versucht seine Erregung zu ignorieren.

Lysandra lacht leise. »So stolz ... so widerspenstig. Aber dein Körper verrät dich, mein Lieber.«

Ihre Finger gleiten über seinen Schaft, ertasten die glühenden, rauen Linien seiner Haut, und ich beobachte genau, wie er darauf reagiert. Der Dämon keucht auf, seine Muskeln zucken. Seine Brust hebt sich schwer, sein Kopf fällt nach hinten, und ein unkontrolliertes Zittern durchläuft ihn.

Ich grinse und öffne langsam meine Hose.

Der Reißverschluss gleitet nach unten, der Stoff der Boxershort weicht zur Seite und ich hole meinen harten Schwanz heraus. Ich umfasse ihn mit einer langsamen Bewegung, lasse meine Finger über ihn gleiten, während ich jede Nuance ihrer Kontrolle beobachte.

Lysandra sieht mir für einen Moment in die Augen, und ich erkenne das Funkeln darin – sie weiß, dass ich es genieße, dass ich sie genieße.

Dann senkt sie sich auf die Knie.

Mit einer langsamen, genüsslichen Bewegung öffnet sie ihre Lippen und nimmt ihn in ihren Mund.

Der Dämon bebt unter ihr, seine Beine wanken, seine Finger verkrampfen sich. Sie lässt ihn tiefer in sich gleiten, ihre Zunge spielt mit seiner Spitze, neckt ihn, bevor sie ihn mit einem leisen Stöhnen vollkommen umschließt.

Seine Reaktion ist atemberaubend. Sein ganzer

Körper zuckt, seine Schultern sacken nach vorne, ein unkontrollierter Laut entweicht seinen Lippen. Er ist verloren.

Ich spüre, wie mein eigener Griff fester wird, wie meine Bewegungen synchron zu ihren werden.

»Hnnngh ...«

Er kann sich nicht mehr beherrschen. Seine Hände suchen nach Halt, finden jedoch nichts außer Luft. Sein Schwanz zuckt in ihrem Mund, ein unkontrolliertes Zucken, das seine völlige Kapitulation zeigt.

Sie löst sich von ihm, leckt sich über die Lippen, während ein feines Leuchten auf ihrer Haut schimmert. Seine Energie beginnt bereits in sie überzugehen.

Mit einer geschmeidigen Bewegung streift Lysandra ihr Kleid ab. Ihr Körper ist makellos, ihre Haut schimmert leicht, als wäre sie von dämonischem Licht durchzogen. Sie setzt sich auf ihn, schmiegt sich an ihn, ihre Vulva reibt sich an seiner Eichel.

Der Dämon kann nicht mehr denken. Er keucht, zittert, wimmert.

»Bitte ...«

Lysandras Lächeln vertieft sich. »Guter Junge.« Dann lässt sie sich auf ihn nieder. Ein einziges, tiefes Stöhnen – mehr bekommt er nicht heraus.

Ich sehe, wie sein Schwanz in sie gleitet, Zentimeter für Zentimeter, bis er vollständig in ihr versinkt. Sein ganzer Körper versteift sich, als würde seine Seele diesen Moment erkennen – als würde sie wissen, dass dies der Anfang seines Endes ist.

Lysandra beginnt sich zu bewegen.

Langsam zuerst, fast quälend. Ihr Körper schmiegt sich eng an ihn, ihr Rücken wölbt sich leicht, als sie den perfekten Rhythmus findet. Sie hebt sich an, lässt ihn fast hinausgleiten, bevor sie sich wieder auf ihn sinken lässt. Jeder Zentimeter ihres Körpers arbeitet daran, ihn auszulaugen, seine Essenz aus ihm zu ziehen.

Der Dämon kann nicht anders, als sich ihrem Rhythmus hinzugeben. Seine Hüften zucken unkontrolliert, seine Hände krallen sich in die Luft, als könnte er sich irgendwie davor retten. Doch es gibt keine Rettung.

Lysandra erhöht das Tempo.

Sein Glühen beginnt zu verblassen. Seine Haut wird blasser, während feine Ströme violetter Energie aus seinem Körper austreten, aufsteigen und in Lysandras durchscheinende Haut fließen.

Ihre Bewegungen werden härter. Schneller. Der Dämon stöhnt lauter. Seine Energie wird ihm entrissen, und doch hat er nie so viel Lust empfunden wie in diesem Moment.

Sein Körper verkrampft sich, sein Mund öffnet sich in einem lautlosen Schrei.

Er explodiert in ihr. Doch mit seinem Höhepunkt stirbt er. Seine Augen rollen zurück, sein Körper sackt in sich zusammen, und sein letztes Aufbäumen ist ein zittriges Zucken, das in völliger Reglosigkeit endet.

Lysandra bleibt noch einen Moment auf ihm sitzen, ihr Rücken leicht gewölbt, ihre Lippen geöffnet, während ein gewaltiger Schub roher Macht durch ihren Körper rast. Ihre Haut scheint zu brennen, als hätte sie das Feuer der Hölle selbst aufgesogen. Ihre Brust hebt und senkt sich, während die letzte Energie des Dämons in ihr aufgesogen wird.

Meine Finger verkrampfen sich um meinen Schwanz. Lysandra tritt langsam von dem leblosen Körper zurück.

Sie leckt sich über die Lippen, tritt auf mich zu, ihr Körper noch immer vibrierend von der aufgenommenen Macht.

»Jetzt weißt du, wie ich töte, Sam.«

Ich blicke sie an, meine Brust hebt und senkt sich schwer. »Lys, du bist ein verdammtes Meisterwerk.«

Lysandra lächelt mich an, ihre Augen glühen vor einer gefährlichen Mischung aus Macht und Verlangen. Vor meinem Thron kniet sie sich nieder, ein

Bild aus purer Verführung und tödlicher Eleganz. Ihre Finger umfassen meinen harten Schwanz mit einem Griff, der zugleich fordernd und genüsslich ist.

Ihre Zunge umspielt mich mit der Präzision und dem Instinkt, der einer Dämonin ihrer Klasse gebührt. Ihre Lippen schließen sich fest um mich, und ich spüre, wie sie mit jedem Zug nicht nur Lust, sondern auch Kontrolle ausübt. Ein leises Stöhnen entweicht mir, als sie langsam und methodisch beginnt, mich zu verwöhnen. Ihre Augen suchen meine, diese unergründlichen, glühenden Iriden, die ihre dunkle Macht widerspiegeln.

Zwischen ihren Bewegungen flüstert sie, ihre Stimme ein Hauch von Versprechen und Loyalität: »Ich werde dir das niemals antun, Sam. Du bist bei mir sicher.«

Ich schaffe es, ein schiefes Lächeln zu formen, trotz der intensiven Empfindungen, die ihren Weg durch meinen Körper finden. »Na, das hoffe ich doch,« murmle ich, meine Stimme rau, unterbrochen von einem weiteren Stöhnen.

Lysandra lässt ihre Bewegungen intensiver werden. Ihre Lippen gleiten geschmeidig über mich, ihre Zunge neckt mich mit gezielten, fieberhaften Berührungen. Jede ihrer Bewegungen ist ein Balanceakt zwischen Hingabe und Kontrolle. Ich spüre,

wie mein Verlangen in mir aufsteigt, heiß und unaufhaltsam, während sie mich immer näher an den
Rand treibt.

Ich spüre, wie die Lust in mir zu einem reißen-
den Strom anwächst, doch bevor ich den Gipfel erreiche, schiebe ich Lysandra leicht von mir weg, ihre
verführerischen Lippen lösen sich von mir. Meine
Hände fassen ihre Taille, und ich sehe sie mit einem Blick an, der keinen Widerspruch duldet. »Setz
dich auf mich, Lys. Jetzt!«

Ihre Augen glühen wie die Hitze eines Vulkans,
und ein amüsiertes Lächeln huscht über ihre Lippen. Sie erhebt sich geschmeidig, ihre Bewegungen
geschliffen wie die eines Raubtieres, das weiß, dass
es vollständig unter Kontrolle steht.

»Wie du willst, mein König,« flüstert sie mit einer Stimme, die vor Verlangen und Unterwerfung
gleichermaßen trieft.

Sie schwingt ihre Hüften, steigt über mich und
lässt sich langsam auf mich herabsinken. Die Hitze
ihres Körpers umhüllt mich, ihre glatte Haut
schmiegt sich an meine. Ein tiefes, kehliges Stöhnen entweicht uns beiden, als sie mich vollständig
in sich aufnimmt. Meine Hände gleiten an ihrer
Taille hinauf und fassen sie fest, kontrollierend.
»Beweg dich, Lys,« befehle ich, meine Stimme tief
und rau vor Lust.

Sie beginnt, ihre Hüften in langsamen, kreisenden Bewegungen zu wiegen, jede Bewegung eine Provokation, eine Herausforderung. Ich halte ihren Blick fest, spüre, wie sie mich provoziert, mich bis an den Rand treiben will. Doch ich lasse mich nicht einfach mitreißen. Ich bestimme das Tempo. Mit einem festen Griff zwinge ich sie, sich tiefer zu bewegen, ihre Bewegungen intensiver zu gestalten. Ihre Nägel graben sich in meine Schultern, doch ich genieße den leichten Schmerz.

»Ist das alles, was du kannst?« frage ich sie, ein Hauch von Spott in meiner Stimme. Sie knurrt leise, ihre Augen glühen vor einer Mischung aus Lust und Ärger, und sie beginnt, ihre Bewegungen zu beschleunigen. Jeder Stoß treibt mich tiefer in sie hinein, jeder Moment bringt uns näher an den Abgrund.

Ihre Hände wandern über meinen Oberkörper, ihre Nägel hinterlassen rote Spuren auf meiner Haut, während sie mich mit einer Intensität reitet, die ihresgleichen sucht. Der Raum ist erfüllt von unserem rauen Stöhnen und dem Geräusch unserer Vereinigung, eine Sinfonie aus Lust und Macht, die sich mit dem flackernden Licht der Fackeln verbindet.

»Fester, Lys,« fordere ich, meine Hände graben

sich in ihre Hüften, und sie gehorcht, ihre Bewegungen werden heftiger, ungezähmt. Ich kann fühlen, wie ihr Körper bebt, wie sie sich der Ekstase nähert. Doch ich lasse sie nicht die Kontrolle übernehmen. Meine Hände zwingen sie, meinen Rhythmus zu folgen, meinen Takt, der sie tiefer und härter nimmt, bis sie zitternd über mir zusammenbricht.

Mit einem letzten, intensiven Stoß explodiere ich in ihr, mein Stöhnen erfüllt den Raum, tief und rau, als ich mich völlig in sie entlade. Lysandra lässt sich gegen mich sinken, ihr Körper schmiegt sich an meinen, während sie schwer atmet, ein Ausdruck von triumphaler Zufriedenheit in ihrem Gesicht.

Langsam erhebt sie sich von mir. Sie bleibt vor mir stehen, ihre Hand gleitet über meinen nackten Oberkörper, und sie beugt sich vor, ihre Lippen streifen mein Ohr. »War das nach deinem Geschmack, Sam?« flüstert sie mit einem verführerischen Lächeln.

Ich ziehe sie an mich heran, meine Hand greift in ihr Haar, und ich küsse sie, fordernd und besitzergreifend. »Du hast mich nie enttäuscht, Lys,« murmle ich gegen ihre Lippen. »Aber wir sind noch nicht fertig.«

Ich erhebe mich von meinem Thron, meine Muskeln noch immer leicht angespannt von der Ekstase, während mein Schwanz noch immer aus meiner Hose hängt, glänzend und pulsierend von unserer Vereinigung. Ich spüre Lysandras Blick auf mir, ihre Augen funkeln vor Amüsement – und Begehren.

Doch bevor ich mich ihr wieder widmen kann, wende ich mich an meine Diener, die noch immer mit gesenkten Köpfen vor uns knien. Ihre Schultern zittern leicht, zwischen Ehrfurcht und Angst, als ob sie fürchten, meinen Blick direkt zu treffen.

»Bringt diesen Abfall weg,« sage ich kalt, meine Stimme schneidet durch die Stille des Raumes wie eine Klinge.

Die Diener zucken zusammen, bevor sie eilig gehorchen. Ihre Schritte sind hastig, ihre Augen bleiben stur auf den Boden gerichtet, während sie den leblosen Körper des Dämons packen und aus dem Raum schleifen. Die schweren Türen schließen sich mit einem tiefen Grollen hinter ihnen – und nur das leise Knistern der Fackeln bleibt.

Lysandra lehnt sich an mich, ihre Finger zeichnen kleine Muster über meinen Rücken. Ein dunkles, zufriedenes Lächeln ziert ihre Lippen.

»Ich habe ihnen eine Heidenangst eingejagt,« haucht sie, ihre Stimme ein Gemisch aus Stolz und Lust.

Ich lasse meine Hand über ihren nackten Rücken gleiten, spüre die Wärme ihrer Haut, das sanfte Beben unter meinen Fingern. »Das hast du.« Ein schmales, überlegenes Lächeln spielt um meine Lippen, während ich sie fester an mich ziehe.

»Jetzt, wo wir allein sind, Lys ...« Mein Griff an ihrer Taille wird besitzergreifend. »Reden wir weiter über Macht – und wie wir sie uns nehmen.«

Ihr Blick verdunkelt sich, das Glühen ihrer Augen intensiviert sich. Doch dann – ein kurzer Blick nach unten. Ihr Lächeln wird verspielter.

»Aber Sam, so können wir doch nicht weitermachen ...«

Lysandra geht langsam auf die Knie, geschmeidig wie eine Raubkatze. Ihre Hände streichen sanft über meine Oberschenkel, bevor sie sich ihrer eigentlichen Beute widmet.

Ohne den Blick von mir abzuwenden, neigt sie ihren Kopf vor. Ein letzter Kuss, ein süßer Abschied. Ein leises Summen entweicht ihrem Mund, bevor sie meinen Schwanz mit ihrer Hand umschließt – nicht drängend, nicht fordernd, sondern verspielt. Sie verstaut ihn geschickt in meiner Hose.

Sie schließt den Reißverschluss, streicht jedoch ein letztes Mal mit ihren Fingern über seine Konturen, ein letztes, provokantes Zeichen ihrer Hingabe.

Dann erhebt sie sich, ihre Bewegungen fließend, fast provozierend langsam. »Jetzt bist du bereit, weiter über Macht zu sprechen.«

Ich schnaube amüsiert, meine Finger gleiten durch ihr seidiges Haar, während ich ihr tief in die Augen sehe.

»Ich habe darüber nachgedacht«, beginne ich und lasse einen meiner Ringe langsam zwischen meinen Fingern gleiten. »Wir brauchen jemanden, der eine starke Verbindung zu Leviathan hat. Jemanden, dessen Opfer die nötige Macht für das Ritual freisetzt.«

Lysandra mustert mich, ihre Augen verengen sich leicht. »Du denkst an Diana, nicht wahr?« Ihre Stimme ist ruhig, aber in ihren Worten schwingt ein unterschwelliger Vorwurf mit.

Ein schiefes Lächeln breitet sich auf meinem Gesicht aus. »Es wäre ... dramatisch, findest du nicht? Diana hat durch Leviathan alles verloren. Ihr Opfer hätte eine unbestreitbare Symbolik – und eine mächtige Wirkung.«

Lysandra verschränkt die Arme vor der Brust und tritt näher zu mir. »Das ist mehr als nur ein dramatischer Moment, Sam. Es ist ihr Leben. Sie hat genug durchgemacht.« Ihre Worte sind scharf, aber ihre Stimme bleibt kontrolliert.

»Natürlich, natürlich«, sage ich und winke ab, als sei es eine Kleinigkeit. »Aber denk an das Potenzial. Ihre Verbindung zu Leviathan, genährt durch Neid und Rache, wäre die perfekte Zutat für das Ritual. Die Energie, die wir entfesseln könnten!«

»Sam!« Ihr Ton wird schneidend, und sie sieht mich mit durchdringenden Augen an. »Das ist kein Spiel. Diana hat sich uns angeschlossen, um Leviathan zu stoppen, nicht um sein nächstes Opfer zu werden.«

Ich lehne mich zurück, meine Finger streichen nachdenklich über die Lehne meines Throns. »Ich verstehe deinen Standpunkt, Lys. Aber manchmal müssen schwere Entscheidungen getroffen werden. Für das größere Wohl.«

»Das größere Wohl?« Lysandras skeptischer Blick trifft mich wie eine kalte Klinge. »Oder für deine eigene Gier nach Macht?«

Ein selbstgefälliges Lächeln spielt um meine Lippen, während ich mich leicht vorbeuge. »Das eine schließt das andere nicht aus.«

Lysandra seufzt tief und wendet sich kurz ab, bevor sie sich wieder zu mir dreht. »Ich hoffe, du denkst gründlich darüber nach, Sam. Diana ist eine Verbündete, keine Spielfigur in deinem Spiel um Macht.«

Ein Moment der Stille legt sich über den Raum, bis ich eine weitere, dunklere Idee formuliere. »Was ist, wenn wir einen der Wächter opfern? Es wäre.. ironisch, nicht wahr? Sie wurden geschaffen, um Leviathan zu bändigen. Was könnte kraftvoller sein als das Opfer eines Wächters?«

Ein langer Moment vergeht, bis Lysandra schließlich nickt, wenn auch widerstrebend. »Vielleicht hast du recht. Die Wächter könnten die Verbindung haben, die wir brauchen. Ich denke wir werden alle drei brauchen.«

»Ich weiß, dass es schwer ist«, sage ich und lege eine Hand auf ihre Schulter. »Aber wir tun es, um Schlimmeres zu verhindern. Das ist unsere Realität.«

Lysandra sieht mich an, ihre Haltung entspannt sich leicht, doch ihr Blick bleibt wachsam. »Ich vertraue dir, Sam. Aber enttäusche mich nicht.«

Ich lächle, eine Mischung aus Triumph und Zuneigung. »Ich enttäusche dich nie, Lys. Du bist meine stärkste Verbündete. Und mein größter Ansporn.«

Sie erwidert mein Lächeln, ein Hauch von Verführung in ihren Augen. »Du wirst immer mehr wie ein Dämon, Sam. Und das gefällt mir.«

Ich ziehe sie näher zu mir, unsere Körper fast einander berührend. »Ich habe von der Besten gelernt«, murmele ich und ziehe sie in einen tiefen Kuss.

»Ob Diana oder ein Wächter stirbt … ist irrelevant. Das Ritual wird vollendet. Und ich werde entscheiden, wessen Seele das Feuer nährt.«

KAPITEL 8:

SCHLACHTFELDVORBEREITUNG

Vor dem permanenten Höllenportal, das wie ein pulsierender Schlund zwischen unserer Festung und dem Tempel klafft, stehen wir bereit. Die Luft in der Halle ist schwer und von der Energie des Portals aufgeladen – ein Vorbote dessen, was uns auf der anderen Seite erwartet. Der Tempel, düster und voller unausgesprochener Geheimnisse, ruft uns zurück.

»Seid ihr bereit?« frage ich und mustere das pulsierende, schattenhafte Tor. Meine Stimme ist ruhig, aber die unterschwellige Spannung in meinen Worten kann ich nicht verbergen.

Lysandra tritt an meine Seite, ihre Augen wie immer voller Entschlossenheit und einem Hauch von finsterer Vorfreude. »Bereit, wie man nur sein kann, Sam. Was auch immer kommt, wir stehen es zusammen durch.«

Diana, angespannt und mit einer düsteren Ernsthaftigkeit, die fast greifbar ist, nickt. »Wir haben keine Wahl. Leviathan muss aufgehalten werden.«

Mit einem letzten Blick zurück auf die Festung – unser Reich der Macht und Dekadenz – trete ich als Erster durch das Portal. Die Energie des Durchgangs umhüllt mich wie ein greifbares Flüstern, das mir zugleich Stärke und Beklommenheit zuflüstert. Einen Moment lang bin ich umgeben von einem Wirbel aus Dunkelheit und kühlem, feuchtem Licht, bevor wir die Schwelle überschreiten.

Die Luft im Tempel ist kälter, schwerer, und trägt die düstere Last vergangener Jahrhunderte. Jeder Atemzug scheint ein Stück der Geschichten in sich zu tragen, die in diesen uralten Steinen verborgen liegen. Die schattenhaften Gänge, in denen das Licht der Fackeln wie geisterhafte Tänzer zuckt, erinnern uns daran, dass wir auf heiligem, aber gefährlichem Boden wandeln.

Am Altar warten bereits Thalos, Eridon und Calyx, die Wächter des Tempels. Ihre stechenden Blicke durchbohren uns bis ins Mark. Misstrauen ist deutlich in ihrer Haltung zu erkennen – ein Hinweis darauf, dass sie noch immer nicht sicher sind, ob wir Verbündete oder Bedrohung sind.

»Willkommen zurück«, sagt Thalos, seine Stimme klingt wie ein unerbittlicher Stein, der von den Wänden widerhallt. »Wir haben auf euch gewartet. Wir gewähren euch erneut Zugang zum Altar«, sagt er mit fester Stimme. »Aber wir werden euch weiterhin beobachten. Jeden eurer Schritte, alle eurer Bewegungen.«

»Natürlich, Thalos«, erwidere ich mit einem selbstgefälligen Lächeln. »Ich erwarte nichts weniger. Aber macht euch keine Sorgen, wir sind hier, um die Welt von Leviathan zu retten.«

Lysandra tritt vor, ihre Augen funkeln im schwachen Licht des Tempels. »Wir schätzen eure Wachsamkeit. Es ist besser, wenn wir alle auf der gleichen Seite sind.«

Diana nickt, während sie die Umgebung aufmerksam beobachtet. »Ja, wir haben alle das gleiche Ziel: Leviathan zu stoppen.«

Ich reibe mir nachdenklich das Kinn. »Nun, da wir hier sind, ist es an der Zeit, meinen Plan zu enthüllen. Wir werden schwere Waffen im Tempel platzieren.«

Thalos Augen verengen sich. »Schwere Waffen? Hier, in diesem heiligen Ort?«

»Genau«, sage ich, und mein Grinsen wird breiter. »Siehst du, ich habe vor, Leviathan nicht nur zu beschwören und zu binden, sondern ihn auch mit allem zu konfrontieren, was wir haben. Raketenwerfer, Maschinengewehre – ihr wisst schon.«

»Das ist Wahnsinn«, entgegnet Eridon, seine Stimme durchtränkt von Empörung. »Dieser Ort ist heilig. Er darf nicht durch solche ... Barbarei entweiht werden.«

»Ich sehe das eher pragmatisch«, erkläre ich und winke ab. »Leviathan ist kein gewöhnlicher Gegner. Wir müssen auf alles vorbereitet sein.«

Lysandra legt eine Hand auf meine Schulter. »Sam hat recht. Wir können nichts dem Zufall überlassen. Dies ist ein Kampf, den wir nicht verlieren dürfen.«

Diana stimmt zu, ihre Miene ernst und entschlossen. »Wir versprechen, im Kampf unser Möglichstes zu tun, um den Tempel nicht zu beschädigen.«

Die Wächter werfen sich ernste Blicke zu, ihre Gesichter spiegeln die Schwere der Situation wider. Schließlich nickt Thalos langsam, seine Stimme wie ein Fels in der Brandung. »Gut. Aber wir werden euch nicht aus den Augen lassen. Jeder falsche Schritt, und wir greifen ein.«

»Verstanden,« erwidere ich mit einem siegessicheren Lächeln. »Lasst uns an die Arbeit gehen.«

Die Dämonendiener der Festung schleppen Rake-tenwerfer, Maschinengewehre und schwere Kisten voller Munition durch das Höllenportal. Der Tempel füllt sich mit einem Kontrast aus uralter Heiligkeit und der kalten Effizienz moderner Kriegsführung. Es ist ein absurdes, aber befriedigendes Schau-spiel.

»Sieh dir meine Diener an, Diana,« sage ich, während ich auf die emsigen Diener deute. »Das ist, was ich Effizienz nenne. Jede Waffe bereit für den Kampf.«

Diana runzelt die Stirn, ihre Arme noch immer vor der Brust verschränkt. »Ist das wirklich nötig, Sam? All diese Waffen ... es fühlt sich etwas über-trieben an.«

Ich lache laut auf, mein Ton ist unbeschwert, aber in meinen Augen glimmt Ernsthaftigkeit. »Übertrieben? Liebes, gegen Leviathan gibt es kein ›Übertrieben‹. Dieser Kampf wird alles fordern, was wir haben. Und ich habe nicht vor, zu verlieren.«

Lysandra tritt an meine Seite, ihre Stimme ist ruhig, aber fest. »Sam hat recht, Diana. Wir müssen alles in die Waagschale werfen.«

Diana atmet tief durch, ihre Miene bleibt ange-spannt. »Ich hoffe nur, dass du weißt, was du tust, Sam.«

»Ich weiß es, Diana,« entgegne ich und sehe

sie an, meine Stimme ist nun ernster. »Leviathan hat keine Ahnung, was auf ihn zukommt.«

Gemeinsam beginnen wir, die Waffen und die Munition strategisch im Tempel zu positionieren. Jeder Raketenwerfer, jedes Maschinengewehr wird genau ausgerichtet, vor allem auf die Höhle hinter dem Altar, wo Leviathan am wahrscheinlichsten erscheinen wird. Meine Dämonendiener arbeiten effizient, während ich die Platzierung überwache und jeden Schritt kommentiere.

»Stellt euch vor, wie überrascht Leviathan sein wird,« sage ich mit einem lauten Lachen. »Er erwartet ein magisches Duell, aber stattdessen begrüßen wir ihn mit einer Kugelhagel-Party.«

Diana bleibt am Rand stehen, ihre Arme verschränkt. Sie beobachtet alles mit einer Mischung aus Sorge und Unbehagen. »Ich hoffe nur, dass wir uns nicht in unserem eigenen Eifer verlieren. Wir dürfen nicht vergessen, warum wir hier sind.«

Ich werfe ihr ein schelmisches Zwinkern zu. »Diana, ich vergesse nie, warum ich irgendwo bin. Ich bin hier, um zu gewinnen. Leviathan wird lernen, dass er sich mit dem Falschen angelegt hat.«

Nachdem die letzte Waffe positioniert ist, trete ich zurück und betrachte unser Werk mit einem zufriedenen Lächeln. Der einst erhabene Tempel gleicht jetzt einem Arsenal, bereit für die ultimative

Schlacht. Diana mustert die Szenerie und wirkt nachdenklich.

»Wir brauchen vielleicht noch mehr Feuerkraft,« sagt sie schließlich, ihre Stimme entschlossen. »Ich habe ein Browning M2, ein schweres Maschinengewehr, das ich noch nie benutzt habe. Es könnte hier mehr als nützlich sein.«

Ich hebe erstaunt eine Augenbraue. »Ein Browning M2, das du noch nie benutzt hast? Diana, du überraschst mich immer wieder. Ich wusste nicht, dass du so eine beeindruckende Sammlung hast.«

Lysandra nickt zustimmend. »Das klingt nach einer großartigen Ergänzung. Ich begleite dich. Wir öffnen das Höllenportal zu deinem Versteck und holen es.«

Während die beiden sich auf den Weg machen, lehne ich mich lässig gegen eine der Säulen und beobachte sie. »Bringt alles mit, was ihr finden könnt,« rufe ich ihnen nach. »Jede zusätzliche Feuerkraft wird uns nützlich sein.«

Als Diana und Lysandra durch das Portal verschwinden, wende ich mich an meine Dämonendiener. »Weiter mit der Verteidigung! Jede Position muss perfekt sein. Ich will, dass Leviathan keinen Zentimeter Boden gewinnt.«

Inmitten der geschäftigen Vorbereitungen

kommt mir ein Gedanke. Ich ziehe mein Handy hervor und wähle eine vertraute Nummer. Nach einigen Sekunden ertönt Gregorys Stimme, kühl und geschäftsmäßig. »OSIT, Gregory am Apparat.«

»Greg, mein alter Freund,« begrüße ich ihn mit einem breiten Grinsen. »Ich brauche einen Gefallen. Wir stehen vor einem ... sagen wir, bedeutenden Ereignis, und ich könnte ein wenig zusätzliche Feuerkraft gebrauchen.«

Es folgt eine kurze Pause, bevor Gregory antwortet. »Sam? Das ist unerwartet. Was genau hast du vor?«

»Ein kleines Wiedersehen mit einem alten Bekannten aus der Hölle,« sage ich trocken und lasse meinen Blick über die aufgereihten Waffen schweifen. »Ich dachte, OSIT könnte vielleicht ein paar spezielle Gegenstände entbehren, die uns helfen könnten.«

Gregory seufzt hörbar. »Du weißt, dass wir normalerweise keine Waffen für persönliche Feldzüge herausgeben. Aber ich schätze, bei dir kann ich eine Ausnahme machen. Ich werde sehen, was ich tun kann, aber ich verspreche nichts.«

»Das reicht mir schon, Greg. Ich wusste, ich kann auf dich zählen,« erwidere ich zufrieden. »Meld' dich, sobald du etwas hast.«

Als ich das Gespräch beende, wende ich mich

erneut dem Altarraum zu. Meine Dämonendiener huschen herum und richten die Waffen gemäß meinen Anweisungen aus. Ich inspiziere die Positionen genau und gebe letzte Befehle.

Die Wächter, die uns beobachtet haben, treten näher. Thalos spricht mit ernster Stimme. »Du bist sehr überzeugt von deinem Plan, Sam.«

Ich lächle ihn an, mein Ton ist selbstbewusst. »Ich bin immer überzeugt. Kontrolle über das Schlachtfeld ist der Schlüssel. Besonders gegen einen Gegner wie Leviathan.«

Schließlich trete ich zurück und betrachte das Szenario. Der Raum ist eine Festung des Zorns und der Zerstörung, bereit für den Moment, in dem Leviathan erscheinen wird. Ein nervöser Funke Spannung durchzieht die Luft, doch in mir lodert nur Entschlossenheit.

»Das sieht gut aus,« sage ich leise zu mir selbst. »Jetzt müssen wir nur noch auf Diana und Lysandra warten. Dann beginnt die Show.«

Ein kaltes Lächeln breitet sich auf meinen Lippen aus.

KAPITEL 9:

UNTERSTÜTZUNG DURCH OSIT

ine halbe Stunde später vibriert mein Handy in meiner Tasche. Der Name Gregory leuchtet auf dem Display. Ich trete beiseite, aus der Hörweite der Wächter und nehme das Gespräch an.

»Sam, hier ist Gregory,« erklingt seine vertraute Stimme. »Ich habe gute Nachrichten für dich. Ich konnte zwei ferngesteuerte Scharfschützengewehre im Kaliber .50 auftreiben. Hochmodern, extrem präzise und ideal für ... besondere Einsätze.«

Ein schiefes Lächeln legt sich auf meine Lippen. »Das klingt wie Musik in meinen Ohren, Gregory. Perfekt für unser kleines Treffen mit Leviathan. Bring sie zu meiner Wohnung. Ich sorge dafür, dass sie schnellstmöglich hier sind.«

»Verstanden, Sam. Ich mache mich sofort auf den Weg. Aber sei vorsichtig – diese Gewehre sind keine Spielzeuge« warnt Gregory mit einem Hauch von Besorgnis.

»Oh Gregory,« entgegne ich, während mein Lächeln breiter wird. »Du weißt doch ich liebe genau solche Spielzeuge. Sie werden ihr Ziel nicht verfehlen. Danke, dass du das möglich gemacht hast. Bringst du sie in meine Wohnung?«

»Kein Problem. Ich hoffe, sie erfüllen ihren Zweck. Pass auf dich auf, Sam.« sagt er, bevor das Gespräch endet.

Ich stecke mein Handy zurück in die Tasche und trete zu den bereits platzierten Waffen im Tempel. »Nun, das klingt nach einer weiteren netten Überraschung für Leviathan,« murmele ich mit selbstzufriedener Stimme.

Mit einem weiteren Trumpf in der Hand richte ich meinen Blick erneut auf die finstere Pracht des Altars und der Höhle dahinter. Der Raum fühlt sich lebendig an, aufgeladen von der schwelenden Erwartung des bevorstehenden Kampfes. Während ich warte, dass Diana und Lysandra zurückkehren und Gregory die Waffen liefert, kann ich spüren, wie die Spannung in mir wächst. Bald wird Leviathan der mächtigsten Streitmacht gegenüberstehen, die je gegen ihn mobilisiert wurde.

Ich rufe ich einen meiner Dämonendiener herbei. Aus den Schatten des Tempels tritt er hervor, eine imposante Gestalt mit glühenden Augen und einer Aura, die pure Unterwerfung ausstrahlt. Mit einer tiefen Verbeugung bleibt er vor mir stehen, die Haltung eines Dieners, der jeden Befehl erwartet.

»Hör gut zu,« beginne ich, meine Stimme ruhig, aber durchdrungen von einer unmissverständlichen Autorität. »Gregory wird zwei Scharfschützengewehre in meine Wohnung liefern. Du wirst dort warten und sicherstellen, dass die Waffen ohne Verzögerung in den Tempel gebracht werden.«

Der Dämon hebt seinen Kopf leicht, seine Stimme ein tiefes, knurrendes Echo. »Wie Ihr wünscht, Herr. Die Waffen werden schnell und unversehrt ankommen.«

Ich lasse meinen Blick für einen Moment auf ihm ruhen, mein Ausdruck kühl und prüfend. »Diese Gewehre könnten den Unterschied machen,« sage ich schließlich, während meine Worte mit Nachdruck in der stillen Halle widerhallen. »Du weißt, was auf dem Spiel steht. Ich dulde keine Fehler.«

»Es wird keine Fehler geben, Herr,« versichert er mit einem weiteren Knicks. »Euer Befehl wird exakt ausgeführt.«

Ein Hauch von Anerkennung durchzieht meine Stimme, als ich nicke. »Ich weiß. Und ich erwarte nichts anderes als Perfektion.«

Der Diener neigt den Kopf erneut, bevor er lautlos in die Schatten des Tempels zurückgleitet, bereit, meine Befehle auszuführen. Ich beobachte, wie er verschwindet, meine Gedanken bereits bei den letzten Vorbereitungen, die noch getroffen werden müssen.

Während ich die Vorbereitungen im Tempel beaufsichtige, vibriert mein Handy in der Tasche. Ich ziehe es heraus und sehe die Meldung meiner Türklinge. Ich aktiviere eine Liveübertragung meiner Wohnung, um sicherzustellen, dass Gregorys Lieferung reibungslos abläuft. Was ich sehe, lässt mich laut lachen.

Gregory steht vor meiner Wohnungstür, zwei Kisten neben sich. Als die Tür sich öffnet und mein Dämonendiener ihm entgegentritt, springt Gregory zurück, die Hand blitzschnell an seiner Waffe.

»Was zum Teufel ...?!« ruft Gregory, die Augen geweitet, während er auf den Diener zielt.

Mein Diener hebt beschwichtigend die Hände, seine Stimme tief und knurrend: »Nicht schießen! Ich diene dem Herrn Samuel. Ich bin hier, um die Waffen entgegenzunehmen.«

Gregory senkt langsam die Waffe, seine Miene eine Mischung aus Verwirrung und Fassungslosigkeit. »Samuel, du verrückter Hund ...« murmelt er, während er die Kisten in die Wohnung schiebt.

Ich schüttle amüsiert den Kopf und stecke das Handy weg. »Gregory und meine Dämonen – das wäre eine Show, die die Hölle unterhalten würde,« murmele ich belustigt, bevor ich mich wieder auf den Altarraum konzentriere.

Plötzlich öffnet sich ein Höllenportal in der Mitte des Raumes. Seine dunkelrote Aura pulsiert unheilvoll, und aus den Schatten treten Diana und Lysandra, ihre Silhouetten umhüllt von der flackernden Glut. Zwischen ihnen schleppen sie das Browning M2, das allein durch seine schiere Präsenz eine gewisse Ehrfurcht verlangt.

»Wird auch langsam Zeit, dass ihr kommt.« bemerke ich mit einem amüsierten Lächeln und trete vor, um zu helfen. Mein Blick gleitet über das Gewehr – wuchtig, tödlich, ein Instrument purer Zerstörung. »Ein Browning M2. Hervorragende Wahl für unsere kleine Party.«

Diana nickt, ihre Finger gleiten fachmännisch über das Gehäuse der Waffe, während sie beginnt, sie aufzubauen. »Ich habe es nie benutzt, aber ich bin sicher, dass es Leviathan schwer zusetzen wird.«

Lysandra, die das Stativ aufstellt, wirft mir ein

wissendes Lächeln zu. »Jetzt sind wir besser vorbereitet als je zuvor. Leviathan wird nicht wissen, was ihn trifft.«

Ich lasse meinen Blick abschätzend über das gewaltige Maschinengewehr gleiten. »Kein Wunder, dass die Army es den ›Ma Deuce‹ nennt. Es ist groß, wuchtig und verdammt zerstörerisch. Erinnert mich fast an etwas anderes ...« Mein Tonfall ist herausfordernd, mein Grinsen unverschämt, als ich an mir hinabdeute.

Diana schnaubt, ihre Lippen verziehen sich zu einem belustigten Lächeln. »Oh bitte, Sam. Ich bezweifle stark, dass du auch nur annähernd so viel Power hast wie das Ding hier.«

Ich trete näher, mein Blick auf sie fixiert, während ich die Hitze in ihrer Stimme suche. »Tja, willst du ihn mal fühlen?« Meine Stimme ist ein dunkles Flüstern, eine Einladung – oder eine Herausforderung.

Diana hält meinem Blick stand, ihre Haltung bleibt locker, doch ich sehe, wie ihr Atem sich kurz beschleunigt. Sie neigt den Kopf leicht zur Seite, ihre grünen Augen blitzen schelmisch. »Träum weiter, Sam.« Dann dreht sie sich weg, als wäre unser Gespräch bedeutungslos – doch ich bemerke, wie sie sich die Unterlippe auf die Zähne beißt. Eine subtile Unsicherheit, ein innerer Kampf.

Lysandra, die das Stativ bereits fixiert hat, verfolgt das Spiel mit belustigtem Interesse. »Na na, Diana,« schnurrt sie, ihre Stimme ein seidiges Versprechen, »du solltest Sams Angebot vielleicht nicht so schnell ablehnen. Es könnte ... aufschlussreich sein.«

Diana wirft ihr einen Seitenblick zu, ihre Lippen öffnen sich, doch statt einer Antwort schnappt sie sich die nächste Munitionskiste. »Wir haben Wichtigeres zu tun.«

Lysandra lacht leise, ihr Blick bleibt auf Diana haften, während sie sich langsam zu mir umdreht. »Oh, ich bin mir sicher, dass es nicht bei diesem Gespräch bleiben wird ... Ich werde die Schutzzauber des Tempels verstärken. Wir können jeden Vorteil gebrauchen.«

Ich lächele sie an. »Wunderbar, Lys. Deine Magie wird uns eine zusätzliche Kante verschaffen.«

Während Lysandra die Schutzzauber des Tempels stärkt, widme ich mich den Runen auf dem Altar. Ihre leuchtenden Linien flimmern in einem unheimlichen Rhythmus, der fast wie ein Herzschlag wirkt. Diana tritt neben mich und beobachtet mich nachdenklich.

»Vertraue mir, Diana,« sage ich und werfe ihr einen Seitenblick zu. »Ich weiß, was ich tue. Leviathan wird nicht wissen, was ihn trifft.«

Diana mustert mich einen Moment lang, bevor sie nickt. »Ich hoffe, du hast recht, Sam. Aber unterschätze Leviathan nicht. Er ist mehr als nur ein weiterer Dämon.«

Ich grinse. »Unterschätzen liegt nicht in meinem Repertoire, Diana. Aber Vorsicht – vielleicht, ganz vielleicht, nehme ich mir deine Worte zu Herzen.«

Mit den Schutzzaubern verstärkt und dem Ritual fast abgeschlossen, erfüllte der Altarraum sich mit einer elektrisierenden Spannung. Die Luft schien vor Erwartung zu knistern, während die Runen zu pulsieren begannen.

»Schaut gut aus Lys,« sage ich und sehe zu, wie die magische Energie sich aufbaut.

Lysandra nickt, ihre Augen leuchten im Schein der Energien, die uns umgeben. »Wir sind bereit, Sam. Leviathan wird gegen eine Macht antreten, die ihn überraschen wird.«

Der Tempel ist bereit, ein Schauplatz von Macht und Zerstörung zu werden. Leviathan wird bald erfahren, dass er es nicht nur mit einem Gegner zu tun hat – sondern mit einer Streitmacht, die ebenso mächtig wie unnachgiebig ist.

Inmitten der angespannten Stille des Tempels

ist es Lysandra, die als Erste das Schweigen durchbricht. Ihr Blick wandert langsam zwischen Diana und mir hin und her, ein amüsiertes, beinahe wissendes Lächeln auf ihren Lippen. »Ihr beide seid viel zu ernst,« murmelt sie mit seidenweicher Stimme. »Ich kann die Spannung beinahe schmecken. Und das ist keine gute Energie für den Kampf.«

Diana, die bis eben noch stoisch geblieben ist, zieht skeptisch eine Augenbraue hoch. »Lysandra, das hier ist kein Spiel. Wir stehen kurz davor, einem Höllenprinzen entgegenzutreten.«

Lysandra tritt langsam auf sie zu, ihre Bewegungen geschmeidig wie die einer Raubkatze, die ihr Beutetier umkreist. Ihre Stimme ist ein sanftes Wispern, das sich mit dem Knistern der magischen Flammen im Tempel vermischt. »Gerade deshalb sollten wir uns ... entspannen, bevor es losgeht.«

Diana bleibt reglos stehen, doch ihre Haltung verrät einen kurzen Moment des Zögerns. »Entspannen?« Ihr Tonfall ist misstrauisch, doch ihre Wangen färben sich unmerklich rosa – ein verräterisches Zeichen, das ich nicht übersehe.

»Wir brauchen einen klaren Kopf im Kampf.« Ihre Finger fahren federleicht über Dianas Wange, während ihr Blick sich vertieft.

Diana atmet leise ein, ihr Brustkorb hebt sich

merklich, als sie für einen Moment in Lysandras hypnotisierende, fast übernatürliche Präsenz gezogen wird. Ich sehe es – das leichte Flackern in ihrem Blick, den unausgesprochenen Konflikt zwischen Zurückhaltung und Verlangen.

»Was genau schlägst du vor?« fragt sie schließlich, doch ihre Stimme klingt weicher, weniger abweisend als zuvor.

Lysandra tritt noch näher, bis ihre Körper sich fast berühren, und neigt den Kopf leicht zur Seite. Sie hebt eine Hand, berührt Dianas Lippen mit dem Daumen, während ihre Augen sie fixieren. Dann presst sie ihre Lippen gegen die von Diana. Ein erster, vorsichtiger Kuss. Zögernd. Prüfend. Doch voller Verheißung.

Ich beobachte amüsiert, wie Diana erst stockt, sich aber nicht zurückzieht. Oh, das könnte interessant werden.

Ich beobachte fasziniert, wie Lysandras Hände Dianas Taille finden, sie näherziehen, als wollte sie sicherstellen, dass sie diesen Moment voll spürt. Dianas Atmung ist leicht ungleichmäßig, ihre Augen für einen Moment halb geöffnet, als würde sie gegen einen Teil ihrer selbst ankämpfen.

»Das fühlt sich ... überraschend gut an,« murmelt Diana, als sich ihre Lippen lösen, gerade so weit, dass ihre Worte hörbar sind.

Lysandras Mund verzieht sich zu einem Lächeln. Und dann – sie dreht sich langsam zu mir um, ihre Augen brennen förmlich vor Verlangen.

»Sam, willst du nur zuschauen?«

Ein dunkles Lächeln zuckt über meine Lippen. »Ich genieße die Aussicht,« murmle ich rau, während ich auf die beiden zugehe. »Aber ich bin immer bereit, mich einzubringen.«

Lysandra lacht leise. Ohne Zögern zieht sie mich in einen tiefen Kuss, ihre Lippen fordernd und vertraut, als wollte sie mir die gleiche Intensität schenken, die sie gerade Diana gezeigt hat.

Diana steht kurz unschlüssig daneben – ein Blick in ihren Augen verrät den inneren Konflikt. Lysandras Hand gleitet langsam über Dianas Rücken, während ihre andere mich an sich drückt. Diana zögert noch leicht, ihre Finger zucken gegen Lysandras Taille, als wüsste sie nicht genau, wo sie sie platzieren soll.

Lysandra löst sich langsam, ihre Lippen noch für einen Moment auf Dianas verweilend, während ihre Finger sich über die Riemen ihrer Rüstung tasten. Langsam, mit verspielter Absicht, beginnt sie, die schweren Lederschichten zu lösen.

Stück für Stück entblößt sie die schlanke Silhouette darunter.

»Du bist wunderschön,« murmelt sie, fast ehrfürchtig, während ihre Finger sanft über Dianas nackte Schultern streichen.

Diana sieht Lysandra an, ihre Augen weit geöffnet, während ihre Atmung schneller wird. Ihre Brust hebt und senkt sich unregelmäßig, als ob ihr Körper bereits ahnt, was kommt, bevor ihr Geist es begreifen kann. Sie lässt es geschehen.

Dann wendet sich Lys zu mir, ein schelmisches Lächeln auf ihren Lippen. Ihre Augen funkeln vor verführerischer Bosheit, als hätte sie genau diesen Moment vorhergesehen. »Willst du auch, Sam?«

Diana dreht ihren Kopf zu mir, ein Funke Unsicherheit in ihrem Blick. Ich trete vor. Meine Hände gleiten langsam zu den letzten Stofflagen, die sie noch bedecken. Ich bin nicht hastig, nicht fordernd – nein, ich genieße jeden Moment. Stück für Stück enthülle ich sie, während Lysandra hinter ihr steht, sie sanft in eine vertraute Umarmung nimmt.

Als das letzte Stück Stoff zu Boden fällt, bleibt sie einen Moment lang still, als würde sie den Verlust des Schutzes verarbeiten. Doch dann – sie hebt langsam den Blick.

»Jetzt bist du an der Reihe, Sam.« Diana haucht die Worte mit einem Lächeln. Sie dreht sich zu mir, ihre Finger gleiten an den Knöpfen meines Hemdes entlang.

Plötzlich packt sie mich an den Schultern, ihr Griff fest, spielerisch besitzergreifend. Sie wirft einen Blick zu Lysandra und ohne Worte verstehen sich die beiden. Gemeinsam drücken sie mich nach hinten, bis ich auf einer der stabilen Waffenkisten lande.

Mein Rücken trifft das kalte Metall, der Kontrast zu meiner heißen Haut lässt mich einen Moment lang die Kälte spüren. Lysandra wirft ihre Kleidung achtlos zur Seite, ihr Körper geschmeidig und makellos, während sie sich entblößt. Diana zögert, ihre Finger ruhen an meinem Hosenbund, als würde sie sich für einen Moment selbst prüfen. Doch dann setzt sie sich in Bewegung.

Mit einem langsamen, fast vorsichtigen Griff öffnet sie meine Hose, zieht sie mir über die Hüften, bis der Stoff auf den Boden gleitet und meinen bereits harten Schwanz freigibt. Ihre Fingerspitzen gleiten flüchtig über meine Oberschenkel, bevor sie kurz innehält.

Ohne ein weiteres Zögern schwingt sie sich auf meinen Schoß. Ihre Bewegungen sind elegant, geschmeidig – aber gleichzeitig von einer Dringlichkeit durchzogen, einem tiefen Hunger, den ich bisher nur erahnt hatte. Die Wärme ihres Körpers presst sich gegen mich, ihre Oberschenkel spannen sich um meine Hüften.

Ein leises Keuchen entweicht ihr, als sie sich langsam auf mir niederlässt. Ihre Fingernägel graben sich leicht in meine Schultern, eine Mischung aus Lust und Nervosität. Ich sehe ihr in die Augen, beobachte, wie sie sich mir hingibt – wie der letzte Funke Zurückhaltung in ihr verglüht.

Lysandra steht neben uns, ihre Augen glühen vor Verlangen. Sie beobachtet Diana, ihr Blick neugierig, voller spielerischer Lust. Dann tritt sie näher, ihre Lippen formen ein lüsternes Lächeln, bevor sie sich über mich beugt. »Sam, mein König ... zeig mir, was du kannst.«

Meine Hände gleiten an ihre Hüften, packen sie fester, ziehen sie zu mir. Lysandra gehorcht bereitwillig und schwingt sich über meine Brust. Ich lasse meine Lippen langsam über ihren flachen Bauch gleiten, tiefer und tiefer, bis ich zwischen ihren Beinen ankomme.

Ein zittriges Keuchen entfährt ihr, als meine Zunge ihre Vulva erkundet.

Ich verliere mich in ihrem Geschmack – süß, sündhaft, unvergleichlich. Ihre Finger graben sich in mein Haar, ihr Körper erbebt unter meiner Berührung, während sie ihre Hüften unbewusst gegen meinen Mund presst.

Über mir beginnt sich Diana zu bewegen. Ihre

Hüften finden ihren eigenen Rhythmus, ein langsamer, fordernder Tanz auf mir. Jede Bewegung bringt mich tiefer in sie, jedes Auf und Ab schickt eine Welle roher Lust durch meinen Körper.

Zwischen Dianas rhythmischen Bewegungen und Lysandras ergebener Hingabe bin ich gefangen in einem Strudel aus Lust und Macht.

Der Tempel, die Runen, die Waffen um uns herum verblassen. Alles, was zählt, sind unsere Körper – die Hitze, das Verlangen, das unaufhaltsame Verlangen, das uns miteinander verschmelzen lässt.

Diana stützt sich auf meinem Bauch ab, ihre Bewegungen werden intensiver. Ich kann es spüren – sie nähert sich langsam ihrem Höhepunkt, ihre Atmung wird flacher, ihre Hüften kreisen schneller, härter. Ihre Finger krallen sich in meine Schultern, als ob sie Halt suchen würde in dem Strudel der Ekstase.

Lysandra dreht ihren Kopf und beobachtet sie. Ihre Lippen formen ein verführerisches Lächeln, berühren ihre Brüste, sanft zuerst, dann fordernder. Ihre Zunge umspielt die empfindliche Haut, neckt, reizt, bis Diana ein zitterndes Stöhnen entfährt.

Ich packe Lysandras Hüften fester, ziehe sie noch näher an mich. Meine Zunge treibt sie weiter, lässt sie sich verlieren, bis auch sie sich gegen mich windet.

Diana wirft den Kopf zurück, ihre Lippen formen einen lautlosen Schrei. Sie vergeht in der Welle ihres Höhepunkts – ein Beben durchzieht ihren Körper, ihr Inneres pulsiert und umschließt mich, während sie sich mir vollkommen hingibt.

Lysandra folgt kurz darauf, ihr Stöhnen vermischt sich mit dem unseren. Ihre Oberschenkel zittern, ihr Körper zuckt unter meiner Zunge, während sie sich mir und diesem Moment vollkommen ausliefert.

Und dann – das letzte Verlangen, das sich in mir aufbaut. Diana spürt es. Ihre Bewegungen werden schneller, härter. Sie will mich mit sich reißen, mich mit in den Abgrund nehmen. Mein Körper gibt nach. Mit einem tiefen, rauen Stöhnen explodiere ich tief in ihr. Unsere drei Körper zucken noch nach, als sich die Hitze langsam legt.

Ein zufriedenes Lächeln spielt auf meinen Lippen. »Das ist wohl die beste Art, sich vor einem Kampf zu entspannen.«

Für einen Moment sagen wir nichts. Diana richtet sich langsam auf, streicht sich durch ihr zerzaustes Haar und wirft Lysandra einen schelmischen Blick zu, die noch immer entspannt an meine Seite geschmiegt liegt. »Lys, lass uns in die Schlachtkleidung schlüpfen. Es gibt einen Höllenfürsten, den wir besiegen müssen.«

Lysandra nickt. »Ich helfe dir zuerst, Diana. Wir müssen in Bestform sein.«

Diana erhebt sich mit einer geschmeidigen Eleganz, die ich nun umso mehr bewundere. Ihre Bewegungen haben etwas Raubtierhaftes – fokussiert, kontrolliert, aber auch anziehend. Lysandra tritt vor, nimmt Dianas Kleidung und reicht ihr Stück für Stück die einzelnen Rüstungsteile. Doch sie macht es nicht hastig. Ihre Finger gleiten bewusst langsam über Dianas Schultern, als sie ihr das Oberteil anlegt, und ein kaum merkliches Lächeln huscht über Dianas Lippen.

»Du bist zu vorsichtig, Lys,« murmelt Diana, ihr Ton gespielt ungeduldig, aber mit einem Hauch von Neckerei. Lysandra lacht leise, während ihre Hände geschickt die Bänder an Dianas Oberteil festziehen.

Als sie schließlich vollständig angekleidet ist, mustert sie Lysandra mit einem nachdenklichen Blick. »Jetzt bist du dran.«

Sie greift nach Lysandras Kleidung und hilft ihr in die eng anliegende, aber dennoch kampftaugliche Rüstung. Doch ich bemerke, dass ihre Bewegungen bewusster werden – weniger rein funktional, mehr spürend. Ihre Finger streifen sanft über Lysandras Taille, während sie den Stoff glättet, über ihre Hüften, während sie die Kleidung festzurrt. Lysandra neigt leicht den Kopf, ein leises Lächeln auf ihren Lippen. »Danke, Diana. Ich mag es, wie du mich berührst.«

Ich lehne mich zurück, genieße das Schauspiel vor mir. Die Art, wie sie einander helfen, sich in ihre Rüstungen kleiden, ist mehr als nur eine bloße Notwendigkeit – es ist ein Moment stiller Intimität, ein Ritual, das ihre Bindung festigt.

Schließlich sind beide fertig, und Lysandra wirft mir einen vielsagenden Blick zu. »Sam, komm steh auf.«

Diana und Lysandra treten vor, packen jeweils eine meiner Hände und ziehen mich mit einer geschmeidigen Bewegung auf die Beine. Ich lasse es geschehen, ein amüsiertes Lächeln auf meinen Lippen. Doch sie lassen meine Hände nicht los – im Gegenteil.

Sie tauschen einen Blick. Ein stummes Einverständnis. Und dann gleitet Lysandra langsam vor mir auf die Knie. Diana beobachtet sie für einen Moment, bevor sie ihr folgt.

Ich spüre, wie ein amüsiertes Funkeln in meinen Augen aufblitzt. »Ihr seid wirklich unersättlich.«

»Oh, Sam ...« Lysandras Stimme ist ein dunkles Wispern, während ihre Hände sanft über meine Hüften gleiten. Diana verzieht die Lippen zu einem kleinen, spielerischen Lächeln, während ihre Finger federleicht über meine Schenkel streichen. »Na, Sam ... schaffst du eine zweite Runde?«

Ihre Zunge streift spielerisch über meine Eichel, kaum mehr als ein sanfter Hauch, doch der Effekt ist unmittelbar. Eine heiße Welle durchströmt mich, meine Muskeln spannen sich, während mein Atem tiefer wird.

Lysandra beobachtet sie genau, als würde sie jeden ihrer Bewegungen studieren. Ein Moment des Zögerns – und dann beugt sie sich vor. Ihre Zunge berührt mich vorsichtig, erst nur flüchtig, dann fester, sicherer. Ich spüre die Hitze beider Münder, das Spiel ihrer Zungen, wie sie sich abwechseln, einstudiert, perfekt synchron.

»Ihr zwei ...« Meine Stimme bricht in einem rauen Keuchen. »Ihr macht mich wahnsinnig.«

Lysandras Zunge fährt über meinen Schaft, langsam, provokant, während ihre Hände meine Hüften umschließen. Sie hält mich fest, kontrollierend – ich bin ihr ausgeliefert, und das weiß sie genau.

Dianas Lippen schließen sich fest um meine Eichel. Sie saugt sanft, dann härter, während Lysandra meine Eier mit ihrer Zunge umspielt. Ihre Lippen treffen sich gelegentlich an meinem Schaft, ein flüchtiges Streifen, ein Moment gemeinsamen Verlangens, der zwischen ihnen wie ein Funke überspringt.

Die Intensität wächst. Ihre Hände erforschen mich nun ungenierter, gleiten über meine Muskeln, streichen über meine angespannten Oberschenkel.

Mein Atem stockt. Ich kann fühlen, wie mein Körper in Flammen steht unter ihren synchronen Bewegungen. Lysandra spürt es – sie zieht sich kurz zurück, hebt den Kopf und leckt sich langsam über die Lippen, während sie mich ansieht.

»Er ist nah dran.«

Diana blinzelt zu ihr, ihre Augen dunkel vor Lust. »Dann sollten wir ihn noch ein bisschen länger genießen ...«

Sie spielen mit mir. Sie kosten jeden Moment aus, treiben mich an den Rand des Wahnsinns, nur um mich dort festzuhalten. Ihre Zungen wechseln sich ab, fordern mich heraus, lassen mich beinahe kommen – nur um mich wieder zurückzuziehen. Ein perfides Spiel, das sie beide viel zu gut beherrschen.

Und dann ... lassen sie es geschehen. Mit einem tiefen, kehligen Stöhnen gebe ich mich ihnen hin und sie nehmen alles auf, leiten mich durch den Moment, ihre Zungen, ihre Lippen – weich, heiß, unerbittlich.

Lysandra streicht sich eine Haarsträhne aus dem Gesicht, betrachtet mich mit einem zufriedenen Lächeln. »Jetzt bist du wirklich entspannt.«

Ohne weitere Worte beginnen sie, mich anzukleiden. Lysandra greift nach meinem Hemd, ihre Finger gleiten geschickt über die Knöpfe, während sie sie einen nach dem anderen schließt. Ihre Berührungen sind leicht, fast wie ein Ritual, und ihr Blick bleibt währenddessen auf mir ruhen – ruhig, berechnend, aber mit diesem unterschwelligen Glimmen von Lust, das sie nie ganz verbergen kann.

Gleichzeitig geht Diana vor mir in die Hocke, nimmt meine Hose auf und schüttelt kaum merklich den Kopf, während sie mir die Hose hochzieht. »Du hättest sie selbst anziehen können, Sam.«

Während Lysandra meine Stiefel heranholt, mustert sie mich einen Moment, als wolle sie noch etwas sagen, entscheidet sich dann aber dagegen. Stattdessen greift sie meine Wade, zieht den Stiefel über meinen Fuß und klopft leicht gegen das Leder. »Jetzt kannst du wenigstens mit Würde kämpfen.«

Ich lasse den Blick zwischen den beiden Frauen wandern, ein zufriedenes, überlegenes Lächeln auf meinen Lippen. »Ich sehe gut aus, oder?«

Lysandra lehnt sich mit verschränkten Armen an einen steinernen Pfeiler und grinst. »Verführerisch wie immer!«

Diana schnaubt, schüttelt aber amüsiert den Kopf. »Kommt, wir haben eine Höllenbestie zu erledigen.«

Der Tempel pulsiert vor aufgeladener Energie. Jeder Stein scheint die bevorstehende Schlacht zu spüren, das drohende Aufeinandertreffen zweier unaufhaltsamer Kräfte. Die Fackeln flackern unruhig, als könnten sie spüren, dass sich etwas Ungeheuerliches ankündigt.

Diana steht zu meiner Rechten, ihre Hand locker an der Waffe, aber ihr gesamter Körper strahlt angespannte Kontrolle aus. Sie ist nicht nur bereit zu kämpfen – sie lebt für diesen Moment. In ihrem Blick liegt das lodernde Feuer der Rache, ungefiltert, rein.

Lysandra, auf meiner anderen Seite, ist ein Kontrast dazu. Ihre Augen sind halb geschlossen, ihre Finger zeichnen unsichtbare Symbole in die Luft, während uralte Zauber über ihre Lippen gleiten. Sie atmet ruhig, in völliger Kontrolle ihrer Macht. Sie ist die Verkörperung der Verführung – und der Zerstörung zugleich.

»Ihr seid bereit?« Beide nicken mir nur kurz zu und ich gehe voran in den Altarraum.

KAPITEL 10:

DIE BESCHWÖRUNG LEVIATHANS

Die entscheidenden Momente rücken näher, und der Altarraum des Tempels pulsiert vor Energie. Unsere Wächter sind genau dort, wo wir sie brauchen – nah genug am Altar, um ihre Rolle im Ritual zu erfüllen, ohne zu ahnen, was sie erwartet. Lysandras verführerisches Lächeln, die leichten Bewegungen ihrer Finger über die Runen – sie beherrscht ihr Spiel meisterhaft.

»Thalos, Eridon, Calyx,« sagt Lysandra mit ihrer weichen, verführerischen Stimme, während ihre Finger sachte über die eingemeißelten Runen des Altars gleiten. »Diese Zeichen ... sie pulsieren vor Energie. Eure Erfahrung als Wächter ist unersetzlich – würdet ihr mir helfen, sie zu verstehen?«

Thalos tritt vor, seine Haltung straff, aber sein Blick ist von Stolz und einer Spur Misstrauen geprägt. »Natürlich, Lysandra. Es ist unsere Pflicht, das Wissen dieses Tempels zu bewahren – und zu teilen.«

»Das weiß ich zu schätzen,« erwidert sie mit einem warmen, fast ehrfürchtigen Lächeln. Ihre Hand ruht kurz auf Thalos Unterarm, eine flüchtige, aber bewusste Geste.

Ich beobachte die Szene mit verschränkten Armen aus dem Schatten, meine Lippen zu einem schmalen Lächeln verzogen. Lysandra spielt ihr Spiel meisterhaft – sie wickelt selbst diese disziplinierten Wächter mit einem geschickten Wechsel aus Ehrfurcht und Verführung um den Finger. Und sie ahnen noch nicht, was wir wirklich vorhaben.

»Sam,« sagt Lysandra plötzlich, ihre Stimme zieht meine Aufmerksamkeit zurück. »Es ist alles vorbereitet. Bist du bereit, das Ritual zu beginnen?«

Ich trete näher an den Altar, lasse meinen Blick über die massiven Steintafeln wandern, die über Jahrtausende hinweg für diesen Moment erschaffen wurden. Die Luft wird schwerer, gesättigt von einer uralten Macht, die sich langsam entfaltet.

»Wächter,« sage ich, meine Stimme fest, durchzogen von unterdrücktem Triumph. »Ihr seid der Schlüssel. Ihr haltet die Essenz dieses Ortes in euch. Eure Position am Altar ist von größter Bedeutung. Jeder von euch repräsentiert die Kraft dieses Tempels.«

Ein Anflug von Erkenntnis erscheint in Thalos Miene. »Was genau ... verlangt ihr von uns?« Seine Augen verengen sich, während er mich prüfend mustert.

Lysandra lächelt beruhigend. »Nichts, das nicht schon vorherbestimmt war. Eure Verbindung zu diesem Tempel – zu Leviathan – macht euch zu einem Teil des Rituals. Ihr werdet seine Wiederkehr ermöglichen. Eure Energie wird ihn rufen.«

Calyx tauscht einen nervösen Blick mit Eridon, dessen Finger sich an den Griff seiner Pistole legen. »Das war nicht Teil der Abmachung,« zischt Eridon.

»Oh doch, das war es,« sage ich mit süffisantem Lächeln. »Ihr habt euch verpflichtet, Leviathan nicht an die Macht kommen zu lassen – und heute erfüllt ihr euer heiliges Gelübde in vollster Perfektion. Er wird nie wieder an die Macht kommen!«

Lysandra und ich beginnen mit den alten Beschwörungsworten. Die dunklen Laute fließen von unseren Lippen, formen sich zu etwas Lebendigem, etwas, das sich in das Gewebe der Realität frisst. Die Runen auf dem Altar beginnen zu pulsieren, das Licht wird intensiver, als ob sie selbst fiebernd auf den Höhepunkt des Rituals hinarbeiten.

Thalos will einen Schritt zurückweichen – doch er kann nicht. Sein Körper erstarrt, als würde er von unsichtbaren Fäden gehalten. Ein plötzlicher Ausdruck des Schreckens tritt in seine Augen.

»Was ... was habt ihr getan?!« Eridons Stimme überschlägt sich, Panik breitet sich in seinen Zügen aus. Er kämpft gegen die unsichtbare Kraft, die seine Glieder gefesselt hält, doch es ist zwecklos.

»Verräter!« brüllt Thalos, als sein Körper langsam zu schweben beginnt. Neben ihm reißt es auch Eridon und Calyx in die Luft, ihre Beine zuckend, ihre Münder zu lautlosen Schreien verzogen.

»Leviathan verlangt ein Opfer,« sage ich mit einer kalten, unbarmherzigen Ruhe. »Und ihr ... ihr seid genau das, was er braucht.«

Lysandra hebt ihre Stimme, die Worte kommen klar und mächtig:

»Ex profundis tenebrarum, te invocamus, Leviathan. Audi vocem sanguinis et sacrificii nostri. Surge ab abyssis infernis, adesse in mundo nostro.«

(Aus den Tiefen der Dunkelheit rufen wir dich, Leviathan. Höre die Stimme unseres Blutes und unseres Opfers. Steige auf aus den Abgründen der Hölle, sei in unserer Welt gegenwärtig.)

Ihre Worte sind wie ein Befehl an die Welt selbst, die auf die uralte Macht reagiert. Die Runen leuchten intensiver, und die Luft wird eiskalt. Der Raum scheint sich zu wölben, als würde er die Präsenz von etwas Unvorstellbarem einlassen.

Die Wächter beginnen zu zittern, ihre Körper winden sich, als ob die Energie sie von innen heraus zerreißen würde. Ich beobachte, wie sich dunkle Risse über ihre Haut ziehen, und ein widerhallendes, unsichtbares Knacken durch den Raum schallt. Die Dunkelheit um sie herum formt sich zu zähflüssigen Schatten, die sich wie Raubtiere auf ihre Opfer stürzen.

»Perde sacrificium nostrum et per energiam eorum ex profundis ascende.«

(Vernichte unser Opfer und steige durch ihre Energie aus den Tiefen auf.)

Mit diesen letzten Worten entlässt Lysandra die volle Macht des Rituals. Die Schatten verschlingen die Wächter endgültig, reißen an ihren Körpern, bis nur noch blanke Skelette übrigbleiben. Für einen Moment sind die Skelette starr, wie groteske Reliquien des Opfers. Doch dann entzünden sie sich in flammender Energie – ein grelles Feuer, das greller als jede Flamme lodert und die Skelette innerhalb von Sekunden in Asche verwandelt.

Die Stille, die folgt, ist unerträglich. Die Energie des Raumes scheint stillzustehen, die Dunkelheit zu atmen. Die Asche fällt langsam zu Boden, wie Schneeflocken, und für einen Moment scheint die Welt selbst den Atem anzuhalten.

Die Welt um uns herum beginnt sich zu verändern. In der Höhle hinter dem Altar entsteht ein dunkler Strudel, eine spiralförmige Öffnung in die tiefsten Tiefen der Hölle. Ein durchdringendes Dröhnen erhebt sich, die Runen pulsieren wie ein wild schlagendes Herz, und die Schatten des Raumes scheinen sich um den Strudel zu versammeln.

Nach der rituellen Opferung der Wächter steht Diana starr vor dem Altar, ihre Augen auf den Ort gerichtet, wo die Körper der Wächter sich in Asche aufgelöst haben. Ihr Atem ist schwer, ihre Schultern angespannt. Entsetzen und Abscheu spiegeln sich in ihrem Gesicht, doch ich erkenne auch einen Funken Verständnis in ihrem Blick. Sie weiß, dass das Opfer notwendig war, aber die Grausamkeit hat sie tief getroffen.

»Das ... das war barbarisch,« flüstert sie schließlich, ihre Stimme zitternd vor unterdrückten Emotionen.

Ich trete zu ihr, meine Haltung entspannt, meine Stimme ruhig. »Manchmal erfordert der

Kampf gegen das Böse, dass man selbst in die Dunkelheit greift. Es ist die Realität, Diana. Eine, die ich längst akzeptiert habe.«

Plötzlich beginnt der Tempel zu erzittern. Ein tiefer, grollender Laut erfüllt die Luft, und ich spüre, wie die magische Energie des Rituals ihren Höhepunkt erreicht. Die leuchtenden Runen am Altar flackern und verstärken sich, als ob sie auf etwas Ungreifbares reagieren.

»Er kommt,« sage ich mit einer Mischung aus Erwartung und Triumph in meiner Stimme. »Leviathan spürt den Ruf. Die Grenzen zwischen den Welten brechen auf.«

Das Beben verstärkt sich, Staub rieselt von den hohen Tempelwänden, und die Steine scheinen unter der Belastung der unermesslichen Macht zu ächzen. Die Dunkelheit im Raum wird dichter, schwerer, und die mit Wasser gefüllte Höhle hinter dem Altar beginnt zu brodeln, als ob etwas Gewaltiges sich aus der Tiefe erhebt.

Ein mächtiges, durchdringendes Grollen schallt durch den Tempel. Leviathans Erscheinung ist furchterregend und zugleich majestätisch. Sein gewaltiger Körper, von schimmernden, schuppenbedeckten Tentakeln umgeben, scheint die gesamte Höhle auszufüllen. Jede Bewegung seiner Tentakel ist geschmeidig und zugleich voller Bedrohung, die stacheligen Fortsätze schneiden durch das Wasser, während sie gegen die magische Barriere schlagen, die ihn noch zurückhält. Ein dumpfer, vibrierender Ton hallt durch den Raum, jedes Mal, wenn die Barriere seinen Angriffen standhält.

Sein Kopf, eine monströse Mischung aus Drachen und Meeresungeheuer, ist massiv, sein Maul mit zahllosen messerscharfen Zähnen bestückt. Seine leuchtenden Augen fixieren mich, und ich spüre die ganze Wucht seiner dämonischen Intelligenz und unbändigen Wut.

»Ich wusste, er wäre groß,« sage ich, meine Stimme gleichmäßig, doch von einem Hauch Bewunderung durchzogen. »Aber das übertrifft selbst meine Erwartungen. Leviathan, der Fürst der Tiefe, in seiner ganzen Pracht.«

Lysandra tritt an meine Seite, ihre Augen weit vor Ehrfurcht und Faszination. »So eine Macht ... so eine Präsenz.«

Diana, ihre Waffe fest umklammert, blickt unbeirrt auf das Wesen. »Er mag furchterregend sein, aber wir dürfen nicht nachgeben. Er ist nicht unbesiegbar. Wir müssen jede unserer Stärken nutzen.«

Leviathan, dessen massiver Körper wie ein Albtraum über uns ragt, schlägt mit einem Tentakel gegen die Barriere, und diese knistert wie unter extremer Belastung. Seine Augen fixieren mich, und in seiner tiefen, grollenden Stimme hallt die Macht der Hölle selbst durch den Raum. »Was willst du, Sterblicher?« brummt er, seine Stimme tief und dröhnend wie ein Unwetter. »Warum wagst du es, mich zu beschwören?«

Ich trete vor, meine Haltung fest und selbstsicher, mein Blick fest auf den Höllenfürsten gerichtet. »Leviathan, ich bin Sam. Und ich bin nicht irgendein Sterblicher. Ich habe die Seelen deiner Brüder verschlungen, und nun bin ich hier, um auch deine zu beanspruchen.«

Leviathans Augen verengen sich, sein durchdringender Blick funkelnd vor Zorn. »Du bist töricht, zu glauben, du könntest mich beherrschen. Ich bin Leviathan, der Fürst der Tiefen! Deine Arroganz wird dich vernichten!«

Ich lache, ein selbstsicheres, beinahe spöttisches Lachen, das im Raum widerhallt. »Arroganz? Nein, Leviathan, das ist Selbstvertrauen. Ich habe bereits drei von euch bezwungen. Du bist der Nächste.«

Während unsere Worte wie Klingen aufeinandertreffen, bewegt sich Lysandra im Hintergrund. Ihre Finger formen komplizierte Muster, ihre Stimme erhebt sich in einem stetigen Flüstern. Sie aktiviert die magischen Runen am Altar, ihre Beschwörungsformeln verstärken die Fesseln, die Leviathan an diesen Ort binden.

Leviathans Blick gleitet für einen Moment zu Lysandra. »Was tust du da, Dämonin?« knurrt er, seine Stimme ein raues, bedrohliches Grollen.

»Sie stärkt die Fesseln, die dich hier halten,« erkläre ich ruhig, mein Blick unverwandt auf Leviathan gerichtet. »Du magst mächtig sein, Leviathan, aber du bist nicht mächtig genug, um uns zu entkommen.«

Die Runen auf dem Altar beginnen aufzuleuchten, ein tiefes Rot, das den Raum in ein unheimliches Glühen taucht. Ein Stoß magischer Energie durchfährt den Tempel und lässt Leviathan für einen Moment erzittern. Seine gewaltige Gestalt schwankt leicht, ein Zeichen dafür, dass die Fesseln wirken.

Leviathan faucht, seine Stimme erfüllt von unbändiger Wut. »Du kannst mich nicht für immer halten, Sam. Diese Fesseln sind nichts im Vergleich zu meiner Macht.«

»Vielleicht nicht,« entgegne ich mit einem breiten Grinsen. »Aber lange genug, um zu bekommen, was ich will.«

Die Luft im Raum ist zum Zerreißen gespannt. Leviathan kämpft gegen die magischen Bänder, seine gewaltigen Tentakel schlagen gegen die Barriere, die ihn umgibt. Doch die Runen halten ihn fest, ihre uralte Kraft unerschütterlich. Ein gewaltiges Brüllen erschüttert den Raum, Leviathans Zorn scheint die Mauern selbst zum Zittern zu bringen. Doch es ist klar, dass er vorerst gefangen ist. Lysandra und ich haben ihn genau dort, wo wir ihn haben wollten.

Plötzlich verändert sich die Atmosphäre. Leviathan richtet sich auf, seine leuchtenden Augen gleiten über uns, und ein finsteres Lächeln breitet sich auf seinen Lippen aus. »Ihr glaubt, ihr könnt mich binden? Euch gegen mich stellen? Neid und Missgunst sind meine Werkzeuge. Lasst uns sehen, wie stark eure Bande wirklich sind.«

Eine dunkle Welle aus Energie durchströmt den Raum, ein kaltes, allumfassendes Gefühl, das direkt in die Gedanken dringt. Leviathan versucht, unsere Überzeugungen zu zersetzen, uns mit Zweifeln und Missgunst zu infizieren.

Ich stehe fest, konzentriere mich darauf, meinen Geist klar zu halten. »Versuch es nur, Leviathan,« sage ich mit einem kurzen Lachen. »Du wirst in meinem Kopf nichts finden, was du manipulieren kannst. Ich bin bereits alles, was ich sein will.«

Lysandra, deren Augen entschlossen funkeln, tritt näher an meine Seite. »Leviathan, deine Tricks beeindrucken uns nicht. Wir haben mehr durchgemacht, als du dir vorstellen kannst. Dein Einfluss endet hier.«

Diana, ihre Waffe fest in den Händen, nickt und richtet ihre Augen auf Leviathan. »Deine Zeit ist vorbei, Fürst der Tiefen. Wir werden dich besiegen, mit allem, was wir haben.«

Leviathan fletscht die Zähne, sein Blick wandert zwischen uns dreien hin und her. Die Spannung im Raum wächst, während seine dunklen Energien gegen unsere Entschlossenheit prallen.

Ich balle die Fäuste und richte meinen Blick fest auf Leviathan. Der Tempel erzittert unter der Wucht unserer Auseinandersetzung, jeder Angriff von Leviathan lässt die Wände knirschen, als ob der uralte Bau droht, jeden Moment einzustürzen.

Ich halte das Browning M2 fest im Griff, mein Finger ruht auf dem Abzug. Die Salven prallen mit ohrenbetäubendem Lärm gegen Leviathans schuppigen Körper. Seine massiven Tentakel peitschen durch die Höhle, schlagen gegen die magische Barriere, und jeder Aufprall sendet Erschütterungen durch den Raum. »Lys! Diana! Haltet ihn beschäftigt!« rufe ich und richte meine Angriffe auf eine empfindliche Stelle an Leviathans Seite, wo die Schuppen dünner scheinen.

Lysandra reagiert sofort, ihre Hände formen

komplexe magische Muster in der Luft. Leuchtende Strahlen schießen von ihren Handflächen direkt auf Leviathan zu. Die Treffer lassen die Luft knistern und das Wasser kochen. Ein wütender Schrei entfährt dem Höllenfürsten. Diana nutzt den Moment, um mit ihrem Sturmgewehr auf die Tentakel zu zielen, die sich gefährlich nahe an die Barriere herantasten.

»Er konzentriert sich auf die Barriere!« warnt Diana. »Dann sorgen wir dafür, dass er es nicht schafft!« entgegne ich und lasse das Browning M2 los, als die Munition ausgeht. Mit schnellen Bewegungen greife ich zu meiner Pistole und feuere präzise Salven auf Leviathan.

Seine Tentakel zucken zurück, aber sein Zorn scheint nur zu wachsen. »Ihr Narren!« brüllt er, seine Stimme donnert wie ein Sturm. »Ihr glaubt, mich aufhalten zu können? Ich werde euch alle verschlingen!«

Ein heftiger Schlag gegen die Barriere bringt mich ins Wanken. Ein feiner Riss zieht sich durch das schimmernde magische Feld, und ich spüre, wie die Energie im Raum sich verändert. »Lys, die Barriere!« schreie ich.

Lysandra wirft einen Blick auf den Riss und murmelt sofort eine neue Formel. Ihre Hände glühen vor magischer Energie, die sie in die Barriere lenkt, um sie zu stabilisieren. Doch Leviathan scheint die Schwachstelle zu wittern. Seine Tentakel peitschen erneut gegen die Barriere, und der Riss wird größer. Ein blendendes Licht strömt hindurch, und Wasser beginnt durchzudringen.

»Sam, wir verlieren die Kontrolle!« ruft Diana, während sie eine Salve nach der anderen auf Leviathans Kopf abfeuert.

Ich presse die Zähne zusammen und springe zur Seite, als eine Energiewelle von Leviathan direkt auf mich zukommt. Ich greife nach einer Granate, die an meinem Gürtel hängt, ziehe den Stift und werfe sie mit aller Kraft in die Höhle. Die Explosion ist ohrenbetäubend, und Leviathan schreit vor Schmerz, als die Druckwelle ihn trifft. »Das hat ihm nicht gefallen!« sage ich mit einem triumphierenden Grinsen.

Mit einem weiteren, verzweifelten Schlag seiner Tentakel durchbricht er die Barriere vollständig. Ein gewaltiger Wasserschwall strömt in den Tempel und wirft uns zu Boden. Ich spüre die Kälte des Wassers und die überwältigende Präsenz Leviathans. Sein gewaltiger Kopf senkt sich, und seine leuchtenden Augen fixieren mich. »Jetzt beginnt das wahre Spiel, Sterblicher,« knurrt er, und ich spüre die schiere Macht seiner Worte.

KAPITEL 11:

DER WENDEPUNKT

Der Kampf gegen Leviathan tobt. Der Höllenfürst entfesselt eine rohe Gewalt, die den Tempel bis in seine Grundmauern erschüttert. Jeder Schlag seiner Tentakel gegen die magische Barriere sendet Schockwellen durch den Raum, reißt Risse in Stein und Luft. Wir stehen unter Druck – aber wir sind bereit.

»Diana, übernimm die Scharfschützengewehre!« rufe ich, während ich den Raketenwerfer greife. »Zeigen wir Leviathan, mit wem er es zu tun hat!«

Diana huscht in Deckung und aktiviert die fernsteuerbaren Gewehre. Präzise Salven reißen durch das Toben des Raumes, jeder Schuss trifft – und

Leviathan spürt es.

Ich richte den Werfer auf ihn. »Lys! Verstärk die Barriere!«

Die Rakete zischt los, durchschneidet die Luft, trifft – und explodiert mit brutaler Wucht gegen seinen Körper. Leviathan brüllt auf, peitscht mit seinen Tentakeln gegen die Fesseln. Es ist, als wolle er den Raum selbst zerreißen.

»Er hält noch durch!« ruft Diana, während sie einer Druckwelle dunkler Energie ausweicht.

Lysandra bleibt fokussiert, ihre Augen glühen. »Halte den Druck aufrecht, Sam. Ich halte ihn fest.«

Ich feuere erneut. Die Explosionen erleuchten die Schatten – immer wieder. Und mit jedem Lichtblitz erkenne ich es: Wir bringen ihn ins Wanken.

»Dafür lebe ich!« schreie ich in das Chaos. »Leviathan, du wirst fallen!«

Doch Leviathan denkt nicht daran, aufzugeben. Mit einem tiefen, dunklen Brüllen entfesselt er eine neue Strategie. Dunkle Portale öffnen sich und spucken eine Horde von Dämonen aus, die sich sofort auf Diana und Lysandra konzentrieren. Diese Dämonen sind keine gewöhnlichen Kreaturen – sie sind verzerrte, grausame Spiegelbilder, die personifizierte Ängste und Zweifel repräsentieren.

Diana wird von einer dämonischen Version ihrer selbst angegriffen, ihre Gestalt voller Spott und

Neid. »Warum bin ich nicht gut genug?« zischt der Dämon mit Dianas eigener Stimme. »Warum darf ich nicht so mächtig sein wie Sam?«

Lysandra kämpft unterdessen gegen eine dämonische Version ihrer selbst, die höhnisch lächelt. »Du bist nichts weiter als ein Schatten neben ihm,« flüstert der Dämon giftig. »Du bist schwach. Unwichtig.«

Ich lasse den Raketenwerfer fallen und eile zu Lysandra. »Lys, hör nicht auf ihn!« rufe ich, während ich meine .45 ziehe und auf den Dämon feuere. »Du bist stark, stärker als du denkst! Du bist ein unverzichtbarer Teil dieses Teams.«

Lysandra zögert, ihre Augen flackern unter der Last der verletzenden Worte, doch schließlich nickt sie entschlossen. »Du hast recht, Sam. Ich lasse mich nicht von ihm unterkriegen!«

Diana kämpft ebenfalls, ihre Miene schmerzhaft angespannt. Die dämonische Version von ihr zischt weiter: »Du wirst nie gut genug sein, nie stark genug.« Doch dann erhebt Diana ihre Stimme, voller Wut und Trotz. »Nein! Ich bin mehr als das! Ich bin stärker, als du denkst!«

Unsere Einheit wird auf die Probe gestellt, doch Stück für Stück überwinden wir Leviathans perfide Manipulation. Die Spiegelbilder beginnen zu flackern, ihre Stimmen verlieren an Macht.

»Leviathan!« rufe ich, während wir weiterkämpfen. »Du kannst uns nicht spalten. Wir sind stärker zusammen. Wir sind eins! Wir werden gewinnen!«

Leviathan knurrt, seine Tentakel peitschen wild, doch es ist klar, dass seine Angriffe auf unsere Gedanken ihn keinen Vorteil gebracht haben.

Unsere Angriffe treffen, doch Leviathan zeigt keine Schwäche – nur Zorn.

Diana schreit vor Entschlossenheit, während sie ihren Dämon mit einem präzisen Schuss durchbohrt. »Ich bin stark! Ich brauche niemandes Macht außer meiner eigenen!« Ihre Worte hallen wie eine Herausforderung durch den Tempel.

»Gut so, Mädels!« rufe ich, während ich Leviathan ins Visier nehme. »Zeigt diesen Biestern, wer hier das Sagen hat!«

Lysandra und ich wenden uns Dianas verbleibenden Gegnern zu. Ihre dämonischen Spiegelbilder, geschaffen aus Leviathans dunkler Energie, umkreisen sie wie Raubtiere, doch unsere vereinte Feuerkraft zwingt sie in die Defensive. Mit einer magischen Explosion von Lysandra und meinen gezielten Schüssen zerfallen die Kreaturen in Asche und Rauch.

Plötzlich entfesselt Leviathan eine Welle dunkler Energie, die durch die Barriere bricht und uns alle von den Füßen reißt. Die Druckwelle wirft uns hart zu Boden, während die Luft von einer unheil-vollen Vibration erfüllt ist.

»Ich ... ich kann kaum atmen,« keuche ich, als ich versuche, mich aufzurappeln. Der Boden unter mir fühlt sich an, als würde er unter der Macht des Höllenfürsten zerbröckeln.

Lysandra richtet sich neben mir auf, ihre Augen angestrengt. »Du musst nicht atmen, Sam! Er versucht, uns zu brechen. Wir müssen uns sammeln!«

Diana liegt ein paar Meter entfernt, ihre Waffe fest in der Hand, während sie keuchend aufsteht. »Er ist unglaublich mächtig, aber wir haben keine andere Wahl. Wir müssen weiterkämpfen. Und wir werden gewinnen!«

Ich richte mich auf, meine Hände um meine Waffen geklammert, während ich Leviathan ins Auge fasse. »Das war beeindruckend, Leviathan, aber es reicht nicht. Ich habe noch ein Ass im Ärmel.«

Ich eile zum Altar und greife nach meinem Silber-Zweihänder, den ich in weiser Voraussicht dort platziert habe. Ich richte mich auf, der Zweihänder liegt schwer in meiner Hand. Silber. Rein. Tödlich.

»Silber, Leviathan,« murmele ich. »Das hat dir schon immer wehgetan, nicht wahr?«

Leviathans Blick zuckt zu mir. Ein kurzes Zögern. Ein Flackern in seinen glühenden Augen.

Angst? Nein. Aber Respekt. Er weiß, wozu das Silber fähig ist.

»Das kannst du nicht wagen, Sam!« Lysandras Stimme schneidet durch den Tumult. Ihre Magie flackert, ihre Hände zittern. »Die Barriere ist instabil – wenn du springst, reißt du sie vielleicht komplett auf!«

Ich blicke nicht zurück. »Dann halt sie verdammt noch mal zusammen, Lys. Ich bringe das zu Ende.«

Mein Herz hämmert. Die Luft knistert, als ich Anlauf nehme. Jede Faser meines Körpers brennt vor Adrenalin und dunkler Vorfreude. Die Klinge pulsiert in meiner Hand – fast lebendig.

Leviathan brüllt, als er begreift, was ich vorhabe. »Nein!« dröhnt es aus der Tiefe seiner Kehle. »DU WIRST NICHT —!«

Ich springe.

Zeit wird zäh. Die Luft zerreißt wie Papier, als mein Körper durch die vibrierende Barriere kracht. Ein blendendes Licht umhüllt mich, schneidet wie Glas in meine Haut. Ich schreie – nicht vor Schmerz, sondern vor Wut. Vor Macht. Vor Lust, dieses Biest zu zerstören.

Und dann – bin ich auf der anderen Seite.

Vor mir: Leviathan, ungeschützt. Riesig. Rasend. Genau da, wo ich ihn haben will.

KAPITEL 12:

LEVIATHANS ENDE

Lysandra und Diana beobachten mit angehaltenem Atem, wie ich durch die Barriere springe. Eine Welle aus magischer Energie flutet durch den Raum während sie sich hinter mir wieder schließt. Ich bin durch. Ich bin bei Leviathan in der wassergefüllten Höhle. Doch das Wasser belebt mich, treibt meine Entschlossenheit an.

»Komm nur her Leviathan!« rufe ich, während ich mit dem Silber-Zweihänder in beiden Händen auf ihn zuschwimme. »Jetzt bist du nicht mehr der Einzige, der im Wasser spielt.«

Leviathan brüllt, ein wütender, tief grollender Laut, der die Wände der Höhle zittern lässt. Seine mächtigen Tentakel schießen mit gewaltiger Geschwindigkeit durch das Wasser, schäumende Wellen hinterlassend. Doch ich lasse mich nicht einschüchtern.

»Sei vorsichtig, Sam!« ruft Diana aus der Distanz, ihre Stimme dringt kaum durch das Chaos.

»Mach dir keine Sorgen!« rufe ich zurück, ohne meinen Blick von Leviathan abzuwenden. »Ich habe das unter Kontrolle!«

Der Höllenfürst schwebt in seiner ganzen furchterregenden Pracht vor mir im Wasser, sein massiver Körper scheint die Dunkelheit selbst zu verschlucken. Seine leuchtenden Augen fixieren mich mit mörderischer Intensität, doch ich bleibe unbeeindruckt.

»Komm schon, Leviathan, zeig mir, was du drauf hast!« fordere ich heraus und schwinge meinen Zweihänder.

Mit einer gewaltigen Bewegung gehe ich in die Offensive. Mein erster Schlag trifft einen der Tentakel, schneidet tief durch das dämonische Fleisch und entfacht ein zischendes Blubbern, als das Silber brennende Spuren hinterlässt. Dunkles, dickes Blut spritzt hervor, kochend und brodelnd.

»Gefällt dir das, Leviathan?« spotte ich, während ich einem weiteren Tentakelschlag ausweiche und einen präzisen Hieb gegen seine Flanke führe.

Leviathan brüllt vor Schmerz, seine Tentakel peitschen umher, das Wasser schäumt und tobt, als er versucht, mich zu erfassen. Doch ich bewege mich mit der Geschmeidigkeit eines Tänzers, weiche jedem Angriff aus, während ich die Klinge erneut und erneut auf seinen massiven Körper niedersausen lasse.

»Du dachtest, du wärst unaufhaltbar, nicht wahr?« rufe ich, während ich einen weiteren Hieb führe, der einen tiefen Riss entlang seines Brustkorbs hinterlässt.

Lysandra, die die Szene beobachtet, hebt die Hände, ihre Magie verstärkt die Energie im Raum. »Halte durch, Sam! Ich unterstütze dich!« ruft sie, und ein gleißendes Licht erhellt die Höhle, als sie Schutzzauber um mich webt.

Leviathan, nun schwer gezeichnet von den vielen Wunden, keucht und bäumt sich auf, seine Bewegungen weniger präzise, aber immer noch voller wilder Kraft. Doch ich nutze seine Schwäche, weiche aus, finde die Lücken in seiner Verteidigung und setze weitere gezielte Hiebe.

Diana ruft aus der Ferne »Sam, pass auf! Seine Tentakel sind immer noch schnell!« Doch ich bin zu fokussiert, um mich ablenken zu lassen. Mit einem gewaltigen Schlag schlage ich einen weiteren Tentakel ab, der nun blutend durch das Wasser treibt.

Leviathan brüllt erneut, doch ich spüre, wie sich das Blatt wendet. Der Höllenfürst, einst ein unaufhaltbares Monstrum, zeigt Anzeichen von Erschöpfung. Sein Körper wankt, seine Bewegungen verlieren an Koordination.

»Du wirst fallen, Leviathan!« rufe ich triumphierend und bereite mich für den finalen Schlag vor. »Du bist vielleicht ein Prinz der Hölle, aber ich bin derjenige, der dich besiegen wird!«

Mit einem letzten, mächtigen Hieb schneide ich tief in seine Brust, die Klinge durchbricht seine schuppige Haut und dringt in sein dämonisches Fleisch. Ein gellender Schrei, so durchdringend, dass die Höhlenwände beben, hallt durch den Tempel.

Leviathan taumelt, seine Tentakel schlagen unkontrolliert umher, bevor er mit einem letzten, ohrenbetäubenden Brüllen auf den Boden der Höhle zurücksinkt. Das Wasser beruhigt sich langsam, als die massive Gestalt des Höllenfürsten in den Schatten verschwindet.

Ich schwebe keuchend im Wasser, meinen Silber-Zweihänder in der Hand, meine Augen auf Leviathan gerichtet. »Na komm schon, Leviathan. Ich hatte mit mehr gerechnet ...« murmele ich.

In einem Moment roher, ungezähmter Gewalt

bäumt Leviathan sich auf und reißt sein gigantisches Maul auf, ein dunkler Abgrund voller messerscharfer Zähne, der alles zu verschlingen droht. Bevor ich reagieren kann, schnappt er zu, und ich finde mich in völliger Dunkelheit wieder. Die stickige, feuchte Luft seines Inneren drückt auf meine Lungen, während das pulsierende, lebendige Gewebe mich einhüllt. Mich zu zerquetschen droht.

Lysandra und Diana stehen fassungslos da, entsetzt über den Anblick. Doch ihr Schock verwandelt sich schnell in Entschlossenheit. Ihre Augen brennen vor Wut, als sie ihre Sturmgewehre heben.

»Für Sam!« schreit Lysandra, während sie das Feuer eröffnet. Ihre Salven schlagen mit brutaler Präzision in Leviathans bereits verletztes Fleisch ein. »Er wird nicht ungestraft davonkommen!«

Diana, ihre Haltung straff und ihre Bewegungen präzise, fixiert die geschwächten Stellen, die mein Schwert hinterlassen hat. »Das hier ist für dich, Sam!« ruft sie, während ihre Kugeln die brodelnden, verbrannten Wunden treffen und weitere dunkle Fontänen aus Leviathans massigem Körper spritzen.

Leviathan brüllt, sein gewaltiger Körper bebt unter dem konzentrierten Angriff. Doch trotz der sichtbaren Schäden ist er weit davon entfernt, besiegt zu sein. Er schlägt mit seinen Tentakeln um sich, trifft die Wände des Tempels und bringt die uralten Steine zum Bersten. Die magische Barriere erhält weitere Risse.

»Wir dürfen nicht nachgeben!« ruft Diana, während sie in Deckung hechtet und nachlädt.

»Weiter, Diana!« antwortet Lysandra, während sie mit einem magischen Schild die heftigsten Schläge Leviathans abwehrt. »Er ist verletzlich! Er weiß es, und das macht ihn gefährlich!«

Ihre Bewegungen sind fließend, eine tödliche Choreografie aus Feuerkraft und Magie. Jede Kugel, jeder Zauber trägt die Entschlossenheit, mich zu retten und Leviathan niederzustrecken.

In der stickigen Dunkelheit von Leviathans Innerem konzentriere ich mich auf das, was ich tun muss. Der Gestank von fauligem Fleisch und Schwefel dringt in meine Sinne, das pulsierende Gewebe um mich herum schließt sich fast über mir. Doch ich lasse mich nicht beeindrucken. Mein Silber-Zweihänder glüht vor Macht, und mit einem wütenden Hieb schlage ich in das fleischige Labyrinth.

»Du hast keine Ahnung, mit wem du dich angelegt hast, Leviathan,« murmele ich, während die Klinge das zähe Fleisch durchschneidet. Das Silber verursacht ein Zischen, und Leviathan bebt vor Schmerz.

Jeder Schlag ist ein brutaler Akt des Widerstands. Dunkles, dickes Blut spritzt in alle Richtungen, kocht und zischt, wo es das Silber berührt. Die lebendige Umgebung zuckt und windet sich um mich herum, als ob Leviathan versuchen würde, mich zurückzuhalten.

»Du dachtest, das wäre das Ende?« spöttle ich, während ich tiefer vordringe. »Falsch gedacht. Du hast mich nur in deine eigene Schwäche gelockt.«

Ich bewege mich vorwärts, zielsicher und mit unbeugsamer Entschlossenheit. Die pulsierende Masse vibriert bei jedem Hieb meines Schwertes, Leviathans Schmerz durchdringt die Luft wie ein weit entferntes Grollen.

»Ich hole mir dein Herz, Leviathan,« flüstere ich, während ich mich durch die engen, verwinkelten Passagen seines Inneren kämpfe. »Deine Seele gehört mir.«

Mit jedem Schritt, den ich mache, spüre ich Leviathans Wut und Schmerz intensiver. Der Höllenfürst versucht, mich abzuschütteln, sein Körper windet sich, das Gewebe um mich herum zieht sich zusammen, als wolle es mich zermalmen. Doch ich kämpfe mich weiter, meine Klinge ein Leuchtfeuer der Zerstörung in der Dunkelheit.

»Das hier ist dein Ende, Leviathan,« sage ich, meine Stimme voller kalter Entschlossenheit. »Du hast keinen Ausweg. Dein Herz, deine Macht, deine Seele – sie gehören mir.«

Die Hitze meiner Anstrengung treibt mich voran, mein Atem schwer, doch ich lasse nicht nach. Leviathan mag denken, dass er mich verschlingen und besiegen kann, aber ich werde ihm zeigen, dass selbst ein Höllenfürst nicht unbesiegbar ist.

Die Reise durch Leviathans Körper fühlt sich an wie ein endloser Kampf gegen ein lebendiges, feindliches Labyrinth. Jeder Schritt ist eine Herausforderung, jede Bewegung durch das pulsierende, widerstandsfähige Fleisch ein weiterer Beweis meines Willens, zu überleben. Doch ich bin unaufhaltsam.

Jeder Hieb meines Silber-Zweihänders ist ein Akt roher Gewalt und Entschlossenheit. Das Schwert, durchtränkt mit der Macht, Dämonen zu vernichten, entfaltet seine volle Wirkung. Es hinterlässt tiefe Wunden in Leviathans Innerem, die zischend und brodelnd gegen die ätzende Reinheit des Silbers rebellieren.

»Ich hoffe, das schmerzt, Leviathan!« rufe ich, während ich mich weiter durch die unheilvolle Dunkelheit kämpfe. »Du wirst für all das Leid bezahlen, das du über diese Welt gebracht hast!«

Nach einem scheinbar endlosen Marsch durch Fleisch und Finsternis erreiche ich endlich das Herz

Leviathans. Vor mir erhebt sich eine gigantische, pulsierende Masse, umgeben von einer greifbaren Aura aus Bosheit und roher dämonischer Energie. Jeder Schlag des Herzens sendet eine Welle dunkler Macht durch die Höhle, eine spürbare Erinnerung an Leviathans immense Kraft.

»Da bist du also«, sage ich, als ich die Klinge meines Schwertes anhebe. »Das Zentrum all deiner Macht. Heute endet deine Herrschaft.«

Mit einem mächtigen Schlag lasse ich die Klinge auf das Herz niederfahren. Der Aufprall sendet eine Schockwelle durch Leviathans Körper, und sein Brüllen erfüllt die Höhle wie ein infernalisches Echo. Das Herz zuckt und pulsiert heftig, während das Silber es unwiderruflich schädigt.

Jeder Hieb zerlegt das Herz weiter, das unter der Macht des Silbers knistert und zersetzt wird. Es ist, als ob Leviathans Essenz selbst gegen die unaufhaltsame Zerstörung kämpft. Doch ich gebe nicht nach. Mit jeder Bewegung bringe ich das Herz näher an seinen Untergang.

»Sieh dir das an, Leviathan«, spottete ich, während ich einen weiteren präzisen Schnitt ausführe. »Das Zentrum deiner Macht zerfällt unter meinen Händen. Du bist nicht so unbesiegbar, wie du dachtest!«

Das Herz beginnt sich aufzulösen, das brodelnde, dunkle Gewebe gibt zischende Geräusche von sich, als das Silber seine dämonische Essenz verzehrt. Leviathans Körper bebt unkontrolliert, ein Ausdruck seines Schmerzes und seiner Verzweiflung.

Draußen im Tempel sehe ich durch die sich öffnenden Wunden, wie Lysandra und Diana gegen Leviathans verbliebene Tentakel kämpfen. Ihre Stimmen dringen gedämpft zu mir, ein leises Echo der Schlacht, die sie mit unerschütterlicher Entschlossenheit führen.

Schließlich, mit einem letzten, alles entscheidenden Hieb, vernichte ich das Herz vollständig. Es gibt einen dumpfen, verzweifelten Schlag von sich, bevor es in Flammen aufgeht. Die Flammen sind heiß und gleißend, ein reinigendes Feuer, das Leviathans verderbte Essenz auslöscht.

Leviathan brüllt ein letztes Mal, sein mächtiger Körper beginnt zu kollabieren. Das Wasser dringt durch seinen Körper und erhitzt sich durch die Flammen, die das Fleisch verschlingen, und die pulsierende Energie weicht einer kalten, absoluten Stille. Ich schwimme mitten in der Auflösung seines Körpers, von dem nichts als Asche und Dunkelheit übrigbleibt.

»Das war's«, murmele ich. »Leviathan, du warst

mächtig, aber nicht mächtig genug für mich.«

Langsam schwimme ich aus den Überresten des Höllenfürsten, mein Blick fest und triumphierend. Das Wasser der Höhle beruhigt sich, die finstere Atmosphäre weicht einer unheimlichen Ruhe. Um mich herum schwebt die Asche Leviathans, wie ein dunkler Schleier, der meinen Sieg über die Dunkelheit besiegelt.

Lysandra und Diana, zunächst überwältigt von Schock und Trauer, blicken mich an, ihre Augen weit vor einer Mischung aus Erleichterung, Staunen und tiefer Bewunderung. Die Erhabenheit des Moments scheint sich in ihren Gesichtern widerzuspiegeln.

»Sam!« ruft Lysandra, ihre Stimme ein Echo von Unglauben und Freude zugleich. »Du hast es wirklich geschafft!«

»Natürlich habe ich das. Was habt ihr erwartet?«

Diana, noch immer sprachlos, nickt nur langsam. Ihre Waffe ruht kraftlos in ihren Händen, während sie sichtlich bemüht ist, Worte zu finden. »Unglaublich ... Ich hätte nie gedacht, dass jemand Leviathan wirklich besiegen könnte. Aber du ...« Sie lässt den Satz offen, ihre Stimme zittert leicht vor Bewunderung.

»Na ja, es war nicht leicht, aber für mich ... war

es unausweichlich.«

Meine Aufmerksamkeit wird von einem pulsierenden Glühen am Boden abgelenkt. Zwei leuchtende Kristalle, einer in einem intensiven Rot, der andere in einem tiefen Schwarz, liegen im Wasser. Ihre Energien scheinen das Wasser um sie herum zu verdichten, und ein unverkennbares Gefühl der Macht geht von ihnen aus.

»Da seid ihr ja,« murmele ich, auf sie zu schwimme. »Die Früchte meines Triumphs.«

Zuerst greife ich nach dem roten Kristall, meinem eigenen Seelensplitter. Er strahlt eine vertraute Wärme aus, ein Echo meines verlorenen Selbst. Ich halte ihn fest in meiner Hand, spüre seine vibrierende Energie, die sich mit meinem Körper verbindet, und führe ihn langsam zu meiner Brust.

»Willkommen zurück,« flüstere ich und schließe die Augen, während der Splitter in mir verschwindet. Ein überwältigendes Gefühl der Vollkommenheit durchflutet mich, als würde ein fehlendes Puzzleteil endlich seinen Platz finden.

Meine Augen öffnen sich mit einem neuen Glanz, und ich richte meinen Blick auf Lysandra und Diana. »Nur noch drei,« sage ich, meine Stimme ein Versprechen an mich selbst. »Drei weitere Splitter, und meine Seele ist wieder vollständig.«

Die beiden sehen mich an, ihre Gesichter ein Spiegel von Faszination und Respekt.

Doch meine Aufmerksamkeit wendet sich schnell dem schwarzen Kristall zu – Leviathans Dämonenseele. Seine dunkle Energie pulsiert mit einer fast greifbaren Macht, wild und ungezähmt. Ich greife danach, meine Finger schließen sich um die unruhige Oberfläche.

»Das ist also eine weitere Essenz,« murmle ich und halte den Kristall vor mein Gesicht. Seine Energie strömt aus ihm wie Rauch, verlockend und furchterregend zugleich. »Mächtig. Wild. Absolut unwiderstehlich.«

Mit einem tiefen Atemzug bringe ich den leuchtenden Kristall zu meiner Brust. Als er in mich eindringt, ist es, als ob ein Schock durch mein gesamtes Wesen fährt. Die Energie explodiert förmlich in meinen Adern, ein brennendes, dunkles Feuer, das sich rasend schnell ausbreitet. Leviathans Essenz vermischt sich mit meiner eigenen, ein unaufhaltsamer Strom roher, zerstörerischer Macht durchströmt mich.

Mein Atem stockt, während die Energie jeden Winkel meines Körpers erreicht. Es fühlt sich an, als ob meine Adern pulsieren und sich mit jedem Schlag erweitern, bereit, mehr von dieser verlockenden Dunkelheit aufzunehmen. Meine Muskeln ziehen sich zusammen, verstärken sich, und ich spüre, wie die Macht mich von innen heraus formt. Das Wasser um mich herum beginnt zu kochen. Die Veränderung ist nicht nur spürbar – sie ist sichtbar.

Ich hebe meine Hände und starre auf meine Finger. Meine Nägel, einst sauber und unscheinbar, haben sich verdickt, verlängert und sind nun tiefschwarz, wie polierter Obsidian. Sie wirken unnatürlich, fast wie Krallen, ein greifbares Zeichen der Macht, die in mir wächst. Ein Lächeln breitet sich auf meinen Lippen aus – es ist sowohl triumphierend als auch düster. Ich drehe meine Hände, betrachte die Transformation fasziniert, während ein Teil von mir diese Veränderung beunruhigend findet ... und ein anderer sie genüsslich begrüßt.

Doch dann spüre ich etwas anderes, ein seltsames Gefühl, das sich in meinem Unterleib ausbreitet. Es ist nicht schmerzhaft, aber es ist ungewöhnlich – eine Art Kribbeln, das tief in mir beginnt und sich nach außen zieht. Ich runzle die Stirn, mein Atem wird schwerer, während ich den Ursprung dieses Gefühls nicht ganz erfassen kann. Etwas huscht durch meinen Verstand.

Stimmen. Kein Flüstern – ein uraltes, rauschendes Echo. Vertraut, obwohl ich es nie gehört habe.

»Du nimmst, was uns gehörte! Du formst dich

neu! Erkenne ihn – den Verschlinger der Prinzen!«
Die Stimmen sind keine Menschen. Keine Dämonen. Nicht wirklich. Es sind Fragmente, Rückstände. Splitter der Seelen, die ich bereits absorbiert habe. Luzifer, Mammon, Asmodeus und Leviathan.

Ich öffne die Augen. Und zum ersten Mal fühle ich es: Furcht. Nicht in mir. In ihnen. Die Dunkelheit wird ein Teil von mir – nicht als Feind, sondern als Verbündeter.

Ich begebe mich zurück in den Altarraum durch die Barriere. »Die Macht des Neides,« sage ich, meine Stimme tiefer und voller Überzeugung. Sie hallt im Raum wider, als ob die Mauern selbst auf die Veränderung in mir reagieren. »Ich fühle sie. Sie ist wild, verführerisch ... und sie gehört jetzt mir.«

Ein Kribbeln läuft über meine Haut, und ich spüre, wie Leviathans Einfluss sich wie unsichtbare Tentakel in jede Faser meines Wesens einwebt. Es ist ein Tanz der Macht, der mich nicht kontrolliert, sondern mich formt. Jede Essenz, die ich absorbiert habe, hat mich verändert – und Leviathan ist keine Ausnahme. Doch diese Veränderung ist anders. Sie ist nicht nur körperlich, sie ist fundamental, und doch bin ich es, der die Kontrolle behält.

»Ich bin nicht mehr nur Sam,« erkläre ich, meine Worte durchdrungen von einem Lächeln, das triumphierend und bedrohlich zugleich ist. Die Macht in meiner Stimme vibriert, füllt den Raum mit einer dunklen Resonanz. »Mit jeder Seele, die ich in mich aufnehme, werde ich größer, stärker. Leviathan war ein Höllenprinz – aber jetzt ist er ein Teil von mir. Und ich ... bin unaufhaltsam.«

Die Energie ebbt langsam ab, doch ihre Präsenz bleibt. Sie liegt unter meiner Haut, bereit, auf mein Kommando entfesselt zu werden. Leviathans Seele mag in mir gefangen sein, doch ich bin es, der die Ketten hält. Mit jedem Atemzug fühle ich mich mächtiger, selbstbewusster – und zugleich ein Stück weiter entfernt von dem, was ich einst war.

KAPITEL 13:

NACHSPIEL

Die Asche Leviathans schwebt im Wasser und legt sich wie ein feiner Schleier auf die glatten Steinplatten. Lysandra und Diana blicken mich an, ihre Augen geweitet von einer Mischung aus Unglauben, Erleichterung und tiefem Respekt.

Lysandra rennt mir entgegen, ihre Bewegungen voller Anmut, aber auch von einer Dringlichkeit geprägt, die sie selten zeigt. Sie wirft ihre Arme um meinen Hals und drückt mich fest an sich. »Sam!« Ihre Stimme bebt vor Erleichterung und Freude. »Ich dachte ... ich dachte, wir hätten dich verloren!«

Ich halte sie einen Moment, spüre ihre Wärme und den Triumph in mir. »Lys, ich habe dir doch gesagt, dass ich das schaffe,« erwidere ich mit einem schiefen Lächeln, während ich sie leicht von mir löse, um ihr in die Augen zu sehen. Doch ihr Blick wandert plötzlich hinab zu meinen Händen. Ihre Lippen verziehen sich zu einem lüsternen Lächeln, als sie meine veränderten Fingernägel bemerkt.

Ohne ein Wort zu verlieren, hebt sie meine Hand und betrachtet sie aus der Nähe. Ihre Finger fahren sanft über die glänzenden Nägel, und ihre Augen leuchten voller Faszination und Verlangen. »Sam, du bist wirklich ... einzigartig,« murmelt sie, ihre Stimme ein Flüstern, das vor Bewunderung trieft. »Diese Macht ... sie verändert dich. Und ich finde es ... unglaublich heiß.«

Ich lache leise, mein Grinsen breitet sich selbstbewusst über mein Gesicht. »Natürlich tut sie das, Lys. Aber keine Sorge.« Ich neige mich zu ihr, meine Augen funkeln herausfordernd. »Ich bleibe Ich – nur besser, stärker, unbesiegbarer.«

Diana, die uns beobachtet, wirkt jetzt wieder gefasster, doch ihre Miene bleibt skeptisch, ihre Haltung angespannt. Ihre Augen, voller Misstrauen, wandern zwischen uns hin und her. »Und du glaubst, dass das alles ein gutes Ende haben wird?« fragt sie schließlich, ihre Stimme ruhig, aber von einer leisen Warnung durchzogen.

Ich drehe mich zu ihr, mein Blick durchdringend und voller Überzeugung. »Es wird ein Ende haben, Diana – aber zu meinen Bedingungen.«

Lysandra steht nun an meiner Seite, ihre Hand ruht leicht auf meinem Arm, und sie lächelt zufrieden. »Leviathan mag gefallen sein,« fahre ich fort, meine Stimme wird tiefer und energischer, »aber seine Macht lebt jetzt in mir. Und glaub mir, ich werde sie nutzen, um alles zu erreichen, was ich will.«

Ich streiche mir das nasse Haar zurück, mein Silber-Zweihänder ruht noch immer in meiner Hand. Einen Moment lang stehen wir schweigend da, das Gewicht unseres Sieges lastet wie ein mächtiges, ehrfurchtgebietendes Echo in der Luft. Jeder von uns scheint die Tragweite des Moments zu begreifen, die Bedeutung dessen, was wir gerade vollbracht haben.

»Wir sollten hier verschwinden,« sage ich schließlich, meine Stimme ruhig, aber entschlossen. »Unsere Arbeit ist noch nicht vorbei. Es gibt mehr Höllenfürsten, mehr Seelensplitter. Und ich bin gerade erst am Anfang.«

Lysandra nickt, ein selbstbewusstes Lächeln umspielt ihre Lippen. »Wo du hingehst, Sam, gehe ich auch hin. Gemeinsam sind wir unschlagbar.«

Diana wirft uns beiden einen entschlossenen Blick zu. »Ich bin mir noch nicht sicher, ob ich bei euch bleibe. Ich muss ein wenig nachdenken ...«

Mit diesen Worten verlassen wir den Tempel. Der Triumph, der in der Luft liegt, mischt sich mit der unerschütterlichen Entschlossenheit, die unsere Schritte antreibt. Leviathan ist gefallen, aber das war nur der Anfang.

Zurück in unserer Festung, wo die flackernden Fackeln Schatten an die steinernen Wände werfen, spüre ich die Schwere des Erlebten – aber auch den Drang nach mehr. Diana geht neben mir her, ihre Augen wirken klarer und ruhiger als jemals zuvor.

»Ich habe so lange von Rache geträumt, von Leviathans Ende,« sagt sie leise, ihre Stimme fast ein Flüstern. »Aber jetzt, wo es vorbei ist, fühle ich mich ... frei. Es ist, als hätte er den Neid und den Hass mit sich genommen.«

Ich sehe sie an, ein anerkennendes Lächeln auf meinem Gesicht. »Das ist gut, Diana. Du bist stärker, als du denkst. Du hast dich deinem größten Feind gestellt – und gewonnen. Jetzt kannst du nach vorne schauen.«

Lysandra, auf der anderen Seite von mir, bleibt kurz stehen und sieht mich an. Ihre Augen strahlen Bewunderung, aber auch Sorge aus. »Sam, du hast jetzt so viel Macht. Was wirst du als Nächstes tun? Was wird aus uns?«

Ich blicke zwischen den beiden Frauen hin und her, ein selbstbewusstes Grinsen auf meinen Lippen. »Die Welt steht uns offen. Mit der Macht, die ich besitze, gibt es keine Grenzen mehr. Ich werde die restlichen Höllenfürsten finden und ihre Seelen absorbieren. Ich werde etwas werden, das weder Mensch noch Dämon jemals war.«

Lysandra nimmt meine Hand, ihr Griff fest und entschlossen. »Wo du hingehst, Sam, gehe ich mit. Gemeinsam sind wir unaufhaltsam.«

Diana nickt langsam. »Du hast bewiesen, dass du mehr bist als nur ein Jäger, Sam. Ich bin gespannt, wohin dieser Weg uns führt.«

Später, in meinem Thronsaal, tritt Diana durch die Tür. Sie kommt mit einer Mischung aus Entschlossenheit und Melancholie auf mich zu. »Sam, ich habe eine Entscheidung getroffen. Es ist Zeit, dass ich meinen eigenen Weg gehe. Ich habe das Gefühl, dass noch mehr da draußen auf mich wartet.«

Ich nicke langsam, Respekt in meiner Haltung. »Das verstehe ich, Diana. Du bist eine außergewöhnliche Kämpferin. Deine Hilfe war unbezahlbar, und du wirst immer ein Teil dieser Geschichte sein.«

Sie lächelt, eine Spur von Wehmut in ihrem Ausdruck. »Danke, Sam. Das Abenteuer mit dir und Lysandra war unglaublich. Ihr beide seid unglaublich. Aber jetzt ist es Zeit für mich, neue Herausforderungen zu finden.«

»Ich öffne dir ein Höllenportal, das dich zu meiner Wohnung bringt,« sage ich und deute auf den weiten Raum vor uns. »Von dort kannst du starten. Und denk daran: Du bist immer willkommen, wenn du zurückkommen möchtest.«

Lysandra tritt näher, umarmt Diana fest. »Pass auf dich auf. Und danke für alles, Diana.«

Mit einem letzten Blick zurück tritt Diana durch das Portal. Der leuchtende Wirbel verschluckt sie, und dann ist sie verschwunden. Die leise Ruhe des Raumes breitet sich aus.

»Sie wird ihren Weg finden,« sage ich leise, als das Portal sich schließt. »Sie ist stark, mutig – und unaufhaltsam, genau wie wir.«

Lysandra legt ihren Arm um meine Taille, ihre Berührung warm und zugleich fordernd. »Und was ist mit uns, Sam? Was ist unser nächster Schritt? Du wirst mit jedem Tag dämonischer. Deine Arroganz, deine Machtgier ... sie wachsen stetig.«

Ich drehe mich zu ihr um, ein selbstbewusstes Lächeln spielt auf meinen Lippen. »Ist das nicht genau das, was du an mir liebst, Lys? Meine Stärke, meine Entschlossenheit?«

»Ja, das tue ich,« gibt sie zu, ihr Blick durchdringend. »Aber manchmal frage ich mich, wohin das alles führt. Du bist nicht mehr der Sam, den ich kennengelernt habe.«

Ich lasse mich in meinen Thron fallen. Meine Finger trommeln nachdenklich auf die Armlehne. »Ich habe mich verändert, das ist wahr. Aber ist Veränderung nicht notwendig? Um die Höllenfürsten zu besiegen? Um meine Ziele zu erreichen?«

Lysandra setzt sich in den kleineren Thron neben mir. »Es ist mehr als das, Sam. Du bist mächtig, ja. Aber vergiss nicht, wer du bist. Vergiss nicht, was dich menschlich macht.«

Ihre Worte bringen mich für einen Moment aus der Fassung. »Menschlich, hm?« murmele ich, als mein Blick zur Decke wandert. »Ich frage mich manchmal, wie viel davon überhaupt noch in mir steckt. Jeder Dämonensplitter, den ich aufnehme, jede dämonische Kraft, die ich in mich ziehe, entfernt mich weiter von der Menschheit.«

»Aber ist das nicht genau das, was du wolltest?« fragt Lysandra, ihre Stimme eine perfekte Mischung aus Sanftheit und Nachdruck. »Mehr Macht. Mehr Kontrolle.«

Ich nicke langsam, lasse ihre Worte auf mich wirken. »Ja, das wollte ich. Aber der Preis ... er ist höher, als ich je erwartet hätte. Ich spüre die Seelen der Höllenfürsten in mir, Lys. Ihre Wünsche, ihre Gier. Sie flüstern ständig in meinem Kopf, versuchen, mich zu formen.«

Lysandra erhebt sich, elegant und doch voller Entschlossenheit. Sie tritt näher, ihre Hände legen sich sanft, aber fest auf meine Schultern. »Du bist stark, Sam. Diese Kräfte sind jetzt Teil von dir, ja. Aber du kannst sie kontrollieren. Sie sind ein Werkzeug, kein Fluch. Lass sie nicht entscheiden, wer du bist.«

Ich hebe meinen Kopf, sehe ihr in die Augen. Sie sind wie ein Anker in einem Meer aus Chaos. »Ich weiß, Lys. Ich werde vorsichtig sein. Aber die Macht ... sie ist berauschend. Sie ruft nach mir.«

Sie beugt sich vor, ihre Lippen finden meine, sanft und beruhigend. »Das mag sein. Aber lass sie dich nicht beherrschen. Du bist nicht einer von ihnen.«

Ihre Worte hallen in mir wider, und für einen Moment spüre ich etwas, das ich fast vergessen hatte – Menschlichkeit. Trotz der Finsternis, die mich umgibt, bin ich immer noch ich. Sam. Ein Mann, der die Hölle herausfordert und sich von nichts beugen lässt.

Später, in der Stille unseres Schlafgemachs, stehen wir nackt vor dem großen Panoramafenster, das hinaus in die endlosen Weiten der Hölle blickt. Die Feuerseen flackern träge, und der Schwefelrauch windet sich in bizarren Mustern in den Himmel. Wir spüren die Wärme der Hölle auf unserer Haut.

»All das liegt uns zu Füßen.« sage ich leise, meine Stimme eine Mischung aus Ehrfurcht und Anspruch. »Es ist erst der Anfang.«

Lysandra schmiegt sich an mich, ihre Hände gleiten über meinen Rücken, während ihr Atem warm gegen meine Schulter streift. »Die Hölle mag groß sein, Sam. Aber mit dir an meiner Seite fühlt es sich klein an. Du wirst sie alle übertrumpfen.«

Ich lächle, meine Hand legt sich um ihre Taille, zieht sie näher. »Das ist der Plan, Lys. Stück für Stück werde ich alles nehmen, was mir gehört. Die Hölle wird uns gehören.«

Die Flammen draußen tanzen weiter, als würden sie unsere Entschlossenheit feiern. In diesem Moment gibt es keine Zweifel, keine Furcht – nur das unerschütterliche Wissen, dass die Welt, sei sie himmlisch oder höllisch, uns gehört.

Ich lasse meinen Blick über Lysandra gleiten, ihre menschliche Form ist makellos, mit einer Anmut und Schönheit, die mich jedes Mal aufs Neue fesselt. Doch ich will die wahre Lysandra sehen, die Dämonin, die tief in ihr steckt.

»Lys,« sage ich und lasse meine Hand über ihre

Taille gleiten, »Zeig mir deine wahre Gestalt. Nicht diese menschliche Fassade, so schön sie auch ist. Ich will die Dämonin sehen, die mich fasziniert, die mich herausfordert.«

Lysandra lächelt, ein schalkhaftes Funkeln in ihren Augen. »Gefällt dir mein menschliches Ich nicht mehr, Sam?« fragt sie spielerisch, ihre Stimme ein süßes Grollen.

Ich schüttle den Kopf, mein Blick fest auf sie gerichtet. »Du weißt, dass ich dich in jeder Form begehre, aber deine wahre Gestalt ... sie ist atemberaubend. Mächtig, verführerisch, gefährlich. Genauso, wie ich dich will. Ich will dich nicht mehr als Mensch sehen.«

Für einen Moment sieht sie mich an, als ob sie meinen Worten nachspüren würde, dann nickt sie langsam. »Wie du willst, Sam.«

Vor meinen Augen beginnt ihre Verwandlung. Ihre Haut verändert sich, ein tiefer, schimmernder Rotton breitet sich aus, und ein feines, fast unmerkliches Schuppenmuster zeichnet sich auf ihrer Oberfläche ab, wie ein Symbol ihrer dämonischen Natur. Ihre Augen wandeln sich zu leuchtenden, glühenden Schlitzen, die mich mit einer Intensität durchbohren, die sowohl verführerisch als auch einschüchternd ist.

Ihre Hörner, elegant und gefährlich zugleich,

krümmen sich aus ihrem Kopf, ihre Spitzen glänzen im schwachen Licht des Raumes, als ob sie selbst Feuer speichern würden. Ihre Nägel verlängern sich zu krallenartigen Spitzen, scharf genug, um Stahl zu schneiden, und dennoch gleiten sie mit einer fast zärtlichen Präzision über ihre Haut.

Von ihrem Rücken wachsen zwei gewaltige, lederartige Flügel hervor, deren Struktur an die eines Fledermausflügels erinnert. Die Flügel entfalten sich mit einem leisen, aber bedrohlichen Rascheln, ihre Spannweite so majestätisch wie einschüchternd. Sie werfen tiefe Schatten in den Raum, die sich mit den Flammen der Hölle draußen vermischen und ihre Gestalt noch mächtiger wirken lassen.

Dann bewegt sich ihr Schwanz, ein schlanker, muskulöser Anhang, der an die geschmeidigen Bewegungen einer Schlange erinnert, aber mit einer reptilienartigen Spitze endet. Der Schwanz peitscht einmal durch die Luft, ein hörbarer Knall, der die Kraft dahinter unterstreicht, bevor er sich sanft um ihre Hüfte legt, als ob er nur auf seinen Einsatz wartet.

»Ist das besser?« fragt sie, ihre Stimme ist ein dunkles, sinnliches Grollen, das mich in seinen Bann zieht.

Ich grinse, meine Augen wandern über ihre dämonische Gestalt. »Perfekt, Lys. Das ist die Frau, die ich an meiner Seite will. Ungezähmt, mächtig, unwiderstehlich. Bleib bitte so oft es geht in dieser Gestalt.«

Sie tritt einen Schritt näher, ihre Bewegungen geschmeidig und raubtierhaft. Ihre Krallen gleiten sanft über meine Brust, hinterlassen einen prickelnden Schauer auf meiner Haut, bevor ihre Hand tiefer wandert. Mit einem selbstsicheren Lächeln greift sie hinunter zu meinem Schwanz. Ihre Finger umschließen ihn, ihre Berührung ist fest und fordernd, während sie langsam beginnt, mich zu massieren.

»Sam,« flüstert sie, ihre Stimme ein sanftes Grollen, das mich durch und durch trifft, »fühlst du es? Die Macht, die dich verändert? Die Hölle selbst scheint dich stärker, größer zu machen.«

Ich senke meinen Blick, folge ihren Fingern, die an mir arbeiten. Mein Schwanz, den ich so oft gesehen habe, wirkt verändert – größer, dicker, und sein dunklerer Farbton zieht meinen Blick magisch an. Am Schaftansatz bemerke ich ein neues Detail: eine Reihe kleiner, roter Schuppen, die in der Dämmerung des Zimmers glitzern. Es ist ein Zeichen, ein weiterer Beweis dafür, dass die Hölle nicht nur mein Herz, sondern auch meinen Körper formt.

»Es ist … anders,« murmle ich, mehr zu mir selbst als zu Lysandra, während ich fasziniert die Schuppen betrachte. »Ich fühle mich … mächtiger. Und das hier …« Meine Stimme bricht ab, während sie ihren Griff verstärkt und mein Kopf leicht zurückfällt. »… das ist was Neues.«

Lysandra lächelt, ein Ausdruck, der Lust und Stolz in sich vereint. »Es steht dir, Sam. Du bist nicht mehr nur ein Mensch. Du wirst zu etwas Größerem, und ich liebe es, jede Veränderung an dir zu spüren.«

Ohne ein weiteres Wort lässt sie mich los und tritt einen Schritt vor. Ihre fledermausartigen Flügel falten sich leicht an ihrem Rücken zusammen, während sie sich über den Fensterrahmen beugt, ihre Krallen um den Rahmen schließen. Sie präsentiert mir ihre geschwungene, perfekte Form, ihre Beine leicht gespreizt, sodass ich einen klaren Blick auf ihre feuchte, einladende Vulva habe.

»Nimm mich, Sam,« haucht sie über ihre Schulter, ihre Augen funkeln vor Lust und Herausforderung. »Zeig mir, was die Macht mit dir gemacht hat.«

Ich trete näher, mein Atem beschleunigt, meine Hände legen sich auf ihre Hüften, und ich drücke die Spitze meines Schwanzes gegen sie. Einen Moment halte ich inne, mein Blick wandert hinab. Der

Kontrast zwischen meinem veränderten, von Schuppen verzierten Schwanz und ihrer roten, sinnlichen Dämonenhaut ist hypnotisierend.

»Sam,« haucht Lysandra, ihre Stimme voller Verlangen, »tu es. Ich will dich. Ich will alles von dir.«

Mit einem kontrollierten Stoß dringe ich in sie ein, spüre, wie ihre Hitze mich umfängt und ein tiefes, zufriedenes Stöhnen entfährt uns beiden.

Langsam dringe ich tiefer in sie ein, meine Bewegungen kontrolliert, während ich jeden Moment bewusst wahrnehme. Ich spüre, wie ihre Muskeln mich fest umschließen, mich mit jeder Bewegung tiefer hineinziehen. Lysandra stöhnt leise, ihre Krallen kratzen leicht über den Fensterrahmen, während sie ihre Hüften gegen mich drückt, mich noch weiter in sich aufnimmt.

»Fühlst du es?« fragt sie keuchend, ihre Stimme zittert vor Lust. »Das bist du, Sam. Die Macht, die in dir wächst, macht dich einzigartig ... und perfekt.«

Ich beginne, mich in einem langsamen, kraftvollen Rhythmus zu bewegen, genieße das Gefühl, wie unsere Körper eins werden. Meine Hände graben sich in ihre Hüften, spüren die feste Wärme ihrer Haut, während ich sie tiefer auf mich ziehe. Mein Blick wandert nach unten – mein Schaft, verdickt, mit Schuppen an der Basis, gleitet zwischen ihren feuchten Lippen ein und aus, als hätte sich mein Körper für diesen Moment geformt. Das Bild ist faszinierend, berauschend – ein Sinnbild für die Verschmelzung von Macht und Verlangen, von Dämon und Dämonin.

»Du gehörst mir!« grolle ich, meine Stimme rau, fast tierhaft. »Und zusammen werden wir die Hölle beherrschen!«

Lysandras Stöhnen wird lauter, ihre Flügel zucken, schlagen leicht, als könne sie die Intensität des Moments kaum aushalten. »Ja, Sam!« keucht sie, ihr Kopf sinkt nach vorn, ihre Hörner reflektieren das flackernde Licht der Flammen. »Lass los! Lass dich von der Macht treiben! Zeig mir, dass du nicht nur ein Dämon bist – sondern der Dämon, der alles verändern wird!«

Ihre Worte treiben mich an. Mein Griff um ihre Hüften wird fester, meine Stöße härter, tiefer, gnadenlos. Jede Bewegung entfesselt eine Welle dunkler Lust, die durch meine Adern strömt wie ein entfesseltes Inferno. Die Hölle draußen scheint auf unser Verlangen zu reagieren – die Flammen schlagen höher, das rote Glühen verstärkt sich, als würde unsere Vereinigung selbst die Grundfesten dieses Reiches erzittern lassen.

Ich spüre, wie mein Körper zu vibrieren beginnt

– die rohe Energie, das animalische Verlangen, die schiere Macht, die mich durchströmt, während ich mich tiefer in sie treibe. Lysandra schreit auf, ein lautloses Echo dämonischer Ekstase, und ich weiß, dass sie mich spürt – nicht nur in ihrem Körper, sondern in ihrer Seele, in jeder Faser ihres Wesens.

Dann geschieht es. Mein Rücken krümmt sich, meine Hände klammern sich an ihre Taille, während ein rohes, tiefes Knurren aus meiner Kehle bricht. Die Lust explodiert in mir wie ein tobender Sturm. Mit einem letzten, unerbittlichen Stoß entlade ich mich in ihr, spüre, wie mein heißes, dunkles Verlangen sich in ihr ausbreitet. Lysandra wirft den Kopf zurück, ihr Körper zuckt, ihre Flügel spannen sich weit auf – der Moment ist pures Chaos, pure Sünde, pure Vollkommenheit.

Für einen Atemzug lang scheint die Zeit stillzustehen. Lysandra zittert leicht, ihr Atem schwer und ungleichmäßig, als sie sich langsam aufrichtet. Dann dreht sie sich um, und mit einer letzten, süßen Reibung gleitet mein Schwanz aus ihr heraus. Ein leises Stöhnen entweicht ihren Lippen, ihre Beine wirken noch schwach von unserer rohen, entfesselten Vereinigung.

Ihr Blick sucht meinen, schwer, fast berauscht. Ihre Lippen sind leicht geöffnet, ihre Wangen gerötet, ihre Augen funkeln. Doch da ist noch etwas anderes – ein Ausdruck von Ehrfurcht ... und einem Hauch von Furcht.

»Das war ... jenseits aller Vorstellungen,« murmelt sie, ihre Finger streichen über meine Brust, spüren die angespannte, heiße Haut darunter.

Ich sehe sie an, spüre den Schatten eines selbstgefälligen Lächelns auf meinen Lippen. Mein Körper fühlt sich anders an – pulsierend, vibrierend von der dunklen Energie, die jetzt unaufhaltsam in mir wütet. Jeder Atemzug fühlt sich an wie ein Beben, eine Erinnerung daran, dass ich nicht mehr nur Sam bin. Ich bin mehr. Ich bin größer.

Meine verdickten, schwarzen Nägel streichen über meine eigene Haut, hinterlassen eine Spur von seltsamer Hitze, während ich die Schuppen an meinem Schaft spüre – ein körperliches Echo der Macht, die sich weiter in mich hineinfrisst.

Lysandra lehnt sich an mich, ihre Finger gleiten über meinen Nacken, ihr Atem heiß gegen meine Haut. Ihre Zähne bohren sich leicht in mein Fleisch – kein Schmerz, sondern ein Versprechen. Besitzergreifend. Fordernd.

»Das ist ... erst der Anfang, Lys!« raune ich.

Über den Autor:

Ed Berg, geboren 1983, ist ein Softwareentwickler, Computerspieler, Familienvater und Autor aus Bayern. Mit Ende 30 entdeckte er das Schreiben für sich.

Mehr Informationen zu Ed und seinen Büchern finden sich unter https://www.ed-berg.de

Social Media:

https://www.facebook.com/ed.berg.author
https://www.instagram.com/ed.berg.author
https://www.youtube.com/@Ed-Berg
https://www.tiktok.com/@ed.berg.author